KB099950

天山樓

천산루

조돈형 新무협 판타지 소설

FANTASTIC ORIENTAL HEROES

천산루 5

조돈형 新무협 판타지 소설

초판 1쇄 찍은 날 § 2014년 10월 28일
초판 1쇄 펴낸 날 § 2014년 11월 4일

지은이 § 조돈형
펴낸이 § 서경석

편집부장 § 권태완
편집책임 § 박은정

펴낸곳 § 도서출판 청어람
등록번호 § 제387-1999-000006호
등록일자 § 1999. 5. 31
어람번호 § 제2-2539호

주소 § 경기도 부천시 원미구 부일로 483번길 40 서경B/D 3F (우) 420-822
전화 § 032-656-4452 팩스 § 032-656-4453
http://www.chungeoram.com
E-mail § chungeorambook@daum.net

ISBN 979-11-316-9253-0 04810
ISBN 979-11-316-9083-3 (세트)

天山樓

천산루

조도형 新무협 판타지 소설

FANTASTIC ORIENTAL HEROES

5

도서출판 청어람

天山樓
천산루

目次

34장

이번엔 나다

“기가 막히는군. 이거 믿어야 되는 거요?”

전풍은 진유검의 무지막지한 공격에 당하면서도 끊임없이 투지를 불태우고 있는 공손설악의 모습에 완전히 기가 질린 표정이었다.

“주군을 상대로 저렇게 버티는 인간은 처음이오. 제정신도 아닌 것 같은데.”

“제정신이 아니니까 버틸 수 있는 것이겠지. 저자는 지금 천마수의 마기에 잡아먹힌 상태다.”

독고무가 잔뜩 찌푸린 얼굴로 대꾸했다.

"천마수? 저 손에 끼고 있는 수갑 말하는 거요?"

"그래, 세간엔 취혼마수라고 알려졌지."

"취혼마수라면 무림 십대마병의 하나가 아니냐?"

진산우가 놀라 물었다.

"그렇습니다. 하지만 진짜 이름은 취혼마수가 아니라 천마수지요. 이 녀석과 함께 천마조사께서 사용하시던 애병입니다."

독고무가 왼쪽 허리에서 덜렁거리는 군림도를 툭 치며 말했다.

"무림 십대마병이라니! 확실히 이름은 그럴듯하구려. 한데 대체 어떤 능력을 지닌 마물이기에 주군과 맞설 수 있는 괴물을 만들어낸단 말이오?"

전풍이 호기심 가득한 눈빛으로 물었다.

"전해진 기록에 의하면 언제, 누가 만들었는지는 천마조사께서도 알지 못하셨다고 한다. 끔찍할 정도로 피를 갈구하고 근처에 접근만 해도 저렇듯 사람을 괴물로 만들어버리는 마병. 하지만 극마지경에 이르신 천마조사께선 별다른 영향을 받지 않으셨고 오히려 천마수에서 뿜어져 나오는 마기를 이용해 막강한 무공도 창안하셨다. 이후에도 오직 천마조사께서만 사용이 가능하셨고. 중요한 것은 비록 천마수의 마기로 인해 마물로 변해 버렸지만 애당초 저자의 능력이 뛰어났기에 저토록 무시무시한 힘을 발휘한다는 거다. 어지간한 인간이라면 천마수의 마기를 이기지 못하고 스스로 자멸했을 테니까."

"차라리 자멸하는 게 낫지 않소? 저따위 괴물로 변하는 것보다는."

전풍이 생각하기도 싫다는 듯 진저리를 치며 말했다.

"그건 나도 그렇게 생각한다."

독고무가 정색하며 고개를 끄덕였다.

"한데 그건 아무런 이상도 없는 거요? 그것도 천마조사가 쓰던 거라면서요?"

전풍은 군림도에게도 천마수와 같은 능력이 있는 것은 아닌지 호기심 어린 눈빛으로 살펴댔다.

"모르겠다. 기록에 의하면 군림도에도 뭔가 비밀이 있다고 하던데 아직까지는 아무런 흔적도 찾지 못했다. 별다른 이상도 없었고."

독고무가 군림도를 꺼내 이리저리 살피자 전풍과 진산우는 물론이고 주변에 있던 이들의 이목까지 군림도로 쏠렸다.

"한데 천마수가 어째서 저자의 손에 들어간 것이냐? 천마조사의 애병이었다면 천마신교에서도 귀하게 취급하였을 것인데."

진산우의 물음에 독고무가 씁쓸한 미소를 지었다.

"세외사패가 무림을 침공했을 때 잃어버렸습니다. 당시 교주께서 야수궁의 궁주와 일전을 벌이다 팔을 잘리시는 큰 부상을 당하셨는데 바로 그 팔에 천마수를 착용하고 계셨다고 합니다. 워낙 큰 부상이었고 목숨이 위중한 상황이라 천마수를 회수할 여유도 없었던 모양인데 당시 조사님과 일전을 벌였던 야수궁주 역시 큰 부상을 당하고 물러나는 바람에 그들 역시 천마수를 취하지는 못했다고 하는군요. 이후, 여러 교주님께서 대를 이어 은밀히 천마수를 찾았지만 결국 실패했습니다. 그렇게 사라진 천마수는 시간이 흘러 취혼마수라는 이름으로 무림에 등장했고 피를 원하는, 주인을 해하는 마물이라 하여 무림 십대마병이라 불리게 된 것이지요."

"그때라도 회수했으면 되잖소."

전풍이 한심하다는 듯 말했다.

"전력을 다해서 찾기야 찾았지. 하지만 그게 그렇게 쉬운 게 아냐. 너 같으면 천마수 같은 보물을 외부에 쉽게 노출시킬 것 같냐? 게다가 주인으로 하여금 자신도 모르게 피를 부르게 만드는 물건이다. 천인혈을 취하면 그 주인이 천하제일인이 된다는 말이 대체 어디서 흘러나온 것인지는 모르겠지만 아무튼 그 때문이라도 은밀히, 최대한 은밀히 존재를 감추며 천마수의 힘을 자신의 것으로 만들려고 하겠지."

"흥! 그러다가 모조리 골로 간 거고만. 저 모양 저 꼴로."

전풍이 괴성을 지르며 진유검을 향해 달려드는 공손설악을 바라보며 가소롭다는 표정을 지었다.

"저렇게 마물이 되어 움직이는 것만 해도 대단한 거다. 대다수는 스스로 목숨을 바치는 수준에 그쳤을걸. 그런 유혹을 버텨냈으니 괴물이 되었다고 해도 유검이 저렇게 고전하는 것이고."

"생각해 보니 확실히 그런 것 같소."

지금껏 진유검이 저토록 신중히, 또 격렬하게 움직이는 것을 보지 못했던 전풍은 격하게 고개를 끄덕였다.

"끄아아악!"

괴성을 질러대며 돌진하는 공손설악의 모습은 더 이상 인간의 모습이라 보기에 어려웠다.

스스로에 대한 믿음, 자신감, 야망으로 가득했던 두 눈에선 소름 끼치는 묵광만 뿜어져 나왔고 풀어헤쳐진 머리카락은 고목의 뿌리처럼 사방으로 뻗쳤다.

뼈가 으스러진 왼팔은 채찍처럼 휘둘러 댔고 웃옷이 찢

겨져 나간 상체엔 보통의 인간이라면 대여섯 번은 즉사했을 만한 상처가 깊게 새겨졌는데 놀랍게도 그곳에서 흘러나오는 피는 더 이상 붉지 않았다.

전신에서 뿜어져 나오는 마기는 큰 부상에도 불구하고 시간이 갈수록 진해지고 막강해져 주변을 완벽한 죽음의 공간으로 만들어버릴 정도였다.

마기에 스친 모든 생명이 쓰러졌으며 사물은 흔적도 없이 파괴되었다.

오직 한 사람, 진유검만이 멀쩡한 신색을 유지하고 있을 뿐이었다.

"인정을 안 할 수가 없군. 정말 대단하다."

연화장을 연거푸 몸에 맞고도 물러나는 것이 아니라 오히려 더욱 빠른 속도로 돌진하는 공손설악을 보며 진유검은 진심으로 감탄했다.

"네 실력이 아님을 안다. 이지(理智)를 상실할 것도, 천마수라는 마병에 잡아먹힌 것도 안다. 그럼에도 저 깊숙한 곳, 그대의 투기가 느껴진다."

진유검의 시선이 입을 쩍 벌리고 달려드는 공손설악의 얼굴에 고정됐다.

"어쩌면 마기에 잡아먹힌 것이 아니라 스스로 불러들인 것이라는 생각도 드는군. 루외루를 지키기 위함인가? 하지만 그 또한 잘못된 판단이라는 것을 알려주도록 하지."

진유검이 공손설악을 향해 지그시 검을 겨누었다.

검에서 뿜어져 나온 강기가 주변을 잠식해 들어오는 마기를 밀어내기 시작했다.

드드드드드!

공손설악이 뿜어내는 마기와 진유검의 검에서 발출된 강기의 충돌과 함께 엄청난 충격파가 사방을 휩쓸었다.

갈가리 찢겨 나간 수풀이 미친 듯이 춤을 추고 뒤집힌 땅거죽에서 솟구친 흙먼지가 천지를 뒤덮었다.

흙먼지가 시야를 가렸음에도 공손설악은 전혀 개의치 않고 진유검을 향해 일직선으로 달려들었다.

한껏 기운을 끌어모은 진유검 또한 흙먼지 너머의 공손설악의 움직임을 완벽하게 파악하고 있었다.

후우우웅!

흙먼지를 뚫고 나온 강맹한 장력이 진유검을 노리며 짓쳐 들었다.

이전보다 한층 더 강해진 위력에 놀란 진유검이 재빨리 검을 틀어 장력의 방향을 바꾸었다.

검을 잡은 손아귀에서 전해지는 압력에 놀랄 틈도 없이 재빨리 고개를 틀었다.

진유검은 지금껏 본 적 없던 날카로운 기운이 머리카락

을 스치며 지나가자 황급히 뒤로 물러나며 자세를 바로 했다.

공손설악이 흙먼지를 뚫고 나타났다.

천마수를 앞세운 공손설악이 혈뢰경천수에서도 가장 위력이 뛰어난 혈뢰진(血雷震), 혈뢰풍(血雷風), 혈뢰멸(血雷滅)을 연속적으로 펼치기 시작했다.

생각보다 강맹하고 파괴적인 위력에 진유검의 표정에 긴장감이 어렸다.

특히 마지막에 이어진 혈뢰멸은 지금껏 경험해 보지 못한 힘을 담고 있었다.

진유검이 긴장하는 것만큼이나 멀리서 두 사람의 싸움을 지켜보던 이들은 감히 숨도 쉬지 못할 만큼 놀라고 있었다.

아무리 머리를 굴려 봐도 지금 공손설악이 펼치는 공격을 피하거나 맞설 방법이 떠오르지 않을 만큼 공손설악의 공격엔 압도적인 위력이 담겨져 있었다.

바로 그 순간, 위기에 빠진 것만 같았던 진유검의 검에서 묘한 기운이 피어오르고 있었다.

"저, 저건!"

독고무가 두 눈을 휘둥그레 떴다.

무공명이 무엇인지는 모른다.

초식명도 모른다.

직접 경험해 본 것도 아니었다.

언젠가 진유검이 펼치는 것을 딱 한 번 보았을 뿐이다.

그럼에도 불구하고 단언할 수 있었다.

공전절후(空前絶後)!

이 무공을 막을 수 있는 무공도, 사람도 없으리라!

진유검의 검이 공손설악의 공세에 맞서기 시작했다.

단섬처럼 빠르진 않았고 폭뢰처럼 파괴적이지도 않았으며 붕천처럼 강맹하지도 않았다.

천망처럼 그의 몸을 완벽하게 보호했으나 한없이 부드럽고 은은하게 이어지는 검의 움직임은 날카로움과 패도적인 힘과는 전혀 어울리지 않는 여유로운 느낌이었다.

진유검의 검에 휘말린 공손설악의 공격이 거친 반항을 시도했으나 의미는 없었다.

천지를 뒤흔드는 거대한 충돌음과 충격파로 인해 주변은 완전히 초토화가 되었지만 정작 진유검은 아무런 피해도 입지 않았다.

그리고 그토록 격렬했던 충돌이 멈췄을 때, 싸움이 시작된 이후 단 한 번도 멈추지 않았던 공손설악의 발걸음이 멈춰졌다.

입에선 연신 검은 핏물이 흘러나오고 부러졌던 왼팔은

어느샌가 사라지고 없었다.

반쯤 잘린 고개는 밑으로 향해 있었고 가슴팍에서 단전까지 갈라진 상처를 통해 내장이 흘러내리고 있었다.

마지막까지 돌진을 멈추지 않았던 두 다리 또한 무릎 밑으론 깨끗하게 잘려 나간 상태, 멀쩡한 곳은 오직 천마수를 끼고 있는 오른팔뿐이었다.

"끄꺼거거꺼!"

잠시 멈췄던 공손설악이 괴성과 함께 목을 덜렁거리며 움직이기 시작했으나 무릎 아래, 다리가 잘려 나간 몸으론 제대로 움직일 수가 없었다.

앞으로 고꾸라져 기어오는 공손설악을 보는 진유검의 눈동자에 안타까움이 살짝 보였다.

그것도 잠시였다.

살짝 다리를 들어 올린 진유검이 공손설악의 머리를 그대로 밟아버렸다.

천마수에서 흘러나온 기운이 다한 것인지 공손설악의 머리는 아무런 저항도 없이 힘없이 터져 버렸다.

완전히 멈춰 버린 공손설악의 시신을 물끄러미 바라보던 진유검의 미간이 살짝 찌푸려졌다.

싸움이 끝나자 그때까지 느끼지 못했던 고통이 조금씩 전해졌다.

방금 전, 연속적으로 이어진 공격을 막다가 다친 왼쪽 어깨가 무거워 살펴보니 살짝 스친 것에 불과함에도 제법 넓은 부분이 새까맣게 변색되고 있었다.

"위험하긴 했지."

피식 웃은 진유검이 천마수를 잡았다.

주인을 보호하기 위해, 아니, 스스로가 주인을 잡아먹고 그토록 강렬하게 대항했던 천마수가 너무도 쉽게 손에서 빠져나왔다.

마치 강한 상대 앞에서 자신의 존재를 감추기라도 하듯 너무도 평범하게 변해 버린 천마수를 보며 어이없는 웃음을 흘리던 진유검은 때마침 달려온 독고무를 향해 말했다.

"천마조사가 사용했다는 물건 맞냐?"

"천마수? 확실해."

"그렇구나. 천마조사가 어째서 이런 물건을 지닌 건지는 모르겠지만 너도 조심해야 할 것 같다. 마병이라기보다는 마물이야. 주인을 잡아먹으려고 하는."

천마수를 바라보는 진유검의 표정은 단순한 병기가 아니라 생명체를 보듯 것 같았다.

"걱정하지 마라. 내가 바로 천마조사님의 후예다. 천하에 오직 나만이 이 녀석의 마기를 억누르고 제대로 사용할 수 있다."

독고무가 가슴을 쫙 펴며 말했다.

"그래, 쓸데없는 걱정했다. 내가 아는 독고무는 이따위 마물에 당할 리가 없지. 자, 받아. 나는 약속을 지켰다."

진유검이 십대마병 중 하나이자 경천동지할 전투를 벌였음에도 별다른 흠집 하나 없는 천마수를 독고무에게 건넸다.

떨리는 손으로 천마수를 받아 든 독고무의 눈동자에 오만가지 감정이 떠올랐다.

"계집의 나신을 감상하는 것도 아닌데 뭘 그렇게 멍청히 보기만 하쇼. 기왕 받았으니 한번 착용이나 해보지."

전풍이 독고무의 옆구리를 툭 치며 말했다.

독고무는 아무런 대꾸도 없이 천천히 천마수를 착용했다.

딱딱하고 차디찬 금속으로 만들어졌음에도 천마수는 가죽으로 만든 장갑보다 더욱 부드럽게 독고무의 손과 팔을 감쌌다.

"머, 멋지구려."

전풍이 자신도 모르게 탄성을 내뱉었다.

천마수는 약간은 거만하고 음울한 독고무의 분위기와 묘하게 어울렸다.

특히 넝마가 된 묵빛 전포까지 바람에 흩날리자 마치 한 폭의 그림과 같이 멋들어진 모습이었다.

"몸은 괜찮은 것이냐? 조금 피곤해 보이는구나."

진산우의 걱정스런 눈길이 옷깃 너머로 보이는 상처로 향했다.

"별거 아니니 걱정하지 마세요. 저는 괜찮습니다."

진유검이 흘러내린 옷깃을 치켜 올리며 대답했다.

"할아버님 말씀대로 지쳐 보이기는 한다. 마지막에 사용한 무공 때문이지?"

독고무의 물음에 진유검은 별다른 대답을 하지 않고 살짝 고개를 끄덕였다.

"그런데 그거 뭐였습니까, 주군? 지금껏 그런 무공은 본 적이 없는데."

전풍은 대답도 듣기 전 독고무에게 고개를 돌렸다.

"말하는 걸 보니 독고 형님은 본 적이 있는 것 같소?"

자신만큼 진유검에 대하 잘 아는 사람이 없다는 것에 나름 자부심을 가지고 있던 전풍인지라 약간은 툴툴대는 듯한 음성이었다.

"우연찮게 한 번."

대수롭지 않은 표정과는 달리 독고무는 입꼬리에 살짝 미소를 지으며 말을 이었다.

"그러니까 너희가 뭍으로 향하기 한 달 전이었나? 태풍이 왔을 때 있잖아."

"태풍요? 아, 태풍. 맞소. 대충 그쯤에 태풍이 하나가 올라왔었소."

전풍이 독고무의 기억을 도왔다.

"날씨가 영 그래서 너희하고 술이나 한잔 기울일까 하고 찾아갔다가 허탕을 쳤잖아. 어떤 멍청이가 애도 안 걸린다는 여름 감기에 걸려 앓아눕는 바람에."

"젠장! 여름 감기가 더 무서운 법이라고 내 누누이 말했잖소. 정말 죽다 살아났다니까."

벌써 몇 번이나 같은 내용으로 시달렸는지 전풍이 버럭 소리를 질렀다.

"어쨌든 허탕을 치고 처소로 돌아오는 길에 녀석을 보게 되었다. 엄청난 파도가 매섭게 몰아치는 갯바위 위에 홀로 서 있었지."

"갯바위라면 자라목 말하는 거요?"

전풍이 설마 하는 표정으로 되물었다.

"그래, 거기에 서 있었다."

"미친! 대체 머릿속에 뭐가 들어 있기에 그러는 겁니까? 평소에도 파도가 거친데 태풍이 오는 날이라면……."

불같이 화를 내던 전풍이 태산처럼 덮쳐오는 파도를 떠

올리며 몸서리를 쳤다.

"내가 이 녀석을 부르려고 했을 때 때마침 유난히 높은 파도가 갯바위를 덮쳤다. 아마 오륙 장 높이 정도는 족히 되었을 거다. 상상이나 되냐? 오륙 장이다. 저 나무보다도 훨씬 높은 파도가 저 미친놈을 덮친 거야."

미친 듯이 비명을 질렀던 그때 당시의 감정이 떠오르는지 좌측의 말라비틀어진 고목을 가리키는 독고무의 음성도 거칠어졌다.

"아무리 강한 인간이라 해도 대자연 앞에선 그야말로 힘없는 미물에 불과한 것. 난 저 오만한 놈이 그대로 쓸려 사라질 줄 알았다. 그런데 정말 말도 안 되는 일이 일어났지."

독고무가 눈을 부라리며 진유검을 노려봤다.

겸연쩍은 웃음을 흘리는 진유검을 제외한 모두의 눈과 귀가 독고무의 입에 집중되었다.

"놈을 중심으로, 아니, 정확하게 말하자면 이놈이 휘둘러대는 검의 기운이 미치는 곳의 파도가 몇 조각으로 갈라지며 흩어진 거다. 그 거대한 파도에 의해 해안선은 초토화되었지만 갯바위엔 그저 평범한 물보라만이 흩뿌려졌을 뿐이고."

독고무가 그림을 그리듯 팔을 휘휘 저었다.

"그, 그걸 지금 믿으라고 하는 거요?"

전풍이 어이없는 얼굴로 물었다.

"그렇게 겪으면서 모르겠냐? 네 주군이라는 놈은 인간이 아니야. 내 기억이 틀리지 않았다면 방금 전, 저 괴물을 박살 낸 검의 움직임이 바로 그때 파도를 갈랐던 검의 움직임과 동일했다. 내 말이 맞지?"

독고무가 진유검을 돌아보며 물었다.

"그런 셈이지. 힘을 조금 빼기는 했지만."

진유검이 툭 던진 말에 좌중은 아무런 말도 하지 못했다.

그들이 보기에 마물로 변한 공손설악을 쓰러뜨린 진유검의 검은 그야말로 무신의 경지.

한데 그것이 힘을 뺀 것이란다.

"허허허! 대자연의 힘을 거스를 정도였다면 힘을 뺐다는 것이 틀린 말은 아니겠구나."

진산우의 입에서 너털웃음이 흘러나왔다.

진유검을 만난 이후, 모든 것이 놀라움의 연속이다.

이제는 놀람을 넘어 그 모든 것이 기쁨이요, 자부심이 되었고.

그런 기쁨도 잠시였다.

"자, 한담은 이제 그만하고 세가로 돌아가자꾸나. 수습할 일이 많아."

천천히 몸을 돌리는 진산우의 얼굴엔 어느새 짙은 그늘이 드리워져 있었다.

* * *

전장이 어느 정도 수습된 늦은 밤, 진유검의 집중적인 치료 덕에 생각보다 몸 상태가 많이 양호해진 진산우와 진유검, 그리고 진호가 마주 앉았다.

"…이상이 우선적으로 파악된 피해 상황입니다."

비록 세가의 미래를 염려한 진산우의 안배로 싸움엔 참여하지 못했지만 싸움이 끝난 후, 의협진가의 가주 내정자로서 사실상 전장을 수습하는 데 주도적인 역할을 한 진호가 간단히 보고를 마쳤다.

"피해가 너무도 크구나."

어두운 얼굴로 진호의 보고를 듣던 진산우의 입에서 안타까운 탄식이 터져 나왔다.

갑작스레 시작된 적들의 공격에 의협진가는 실로 엄청난 피해를 당했다.

태상가주인 진산우와 치명적인 부상을 입은 채 사경을 헤매고 있는 곽정산을 제외한 모든 원로, 장로들이 쓰러졌고 세가의 중추이자 기둥 역할을 하는 중견 고수와 젊은 제자 또한 몇 명을 제외하곤 모조리 목숨을 잃었다.

몇 년간의 암흑기를 거치며 많이 약화된 의협진가의 힘이 이번 싸움을 계기로 완벽하게 무너져 이제는 군소문파에도 미치지 못할 정도로 전락하고 만 것이다.

의협진가를 돕기 위해 나섰던 무창 무림 또한 사실상 초토화가 되었다.

우연찮게 싸움에 얽히게 된 복천회 또한 엄청난 피해를 입었다.

무창 지부가 직접적으로 공격을 당한 것은 아니나 흑월방에 있던 복천회의 병력이 전멸을 당했고 의협진가를 지원하기 위해 움직였던 지부의 병력 또한 대다수가 목숨을 잃었다.

지부장 동종유를 비롯하여 생존자가 고작 아홉에 불과했으니 사실상 궤멸당한 것이라 해도 과언은 아니었고 복천회의 핵심 수뇌인 섬전검 마옥과 삼안마도 이혼이 목숨을 잃은 것은 무엇으로도 바꾸기 힘든 큰 손실이었다.

"죄송합니다. 제가 쓸데없이 일만 키운 것 같습니다."

진유검은 본가에 일어난 모든 일이 자신으로 인해 벌어진 일이라 여기며 자책했다.

"네가 죄송할 일은 아니다. 너는 수호령주로서, 그리고 무명초자의 후인으로서 당연히 해야 할 일을 한 것이야."

"하지만 그로 인해 본가가……."

"구더기가 무섭다고 장을 담지 못해서야 말이 안 되는 것 아니더냐? 본가에 일어난 일은 어쩔 수 없는 일. 너는 앞으로도 그저 네가 할 일을 하면 되는 것이다. 알겠느냐?"

"……."

"어허! 알겠느냐?"

"예."

진유검은 진산우의 엄한 눈초리에 어쩔 수 없이 고개를 끄덕였다.

"하지만 대의를 떠나 본가에 벌어진 참상은 참으로 가슴이 아프면서 화도 나는구나."

진유검이 입술을 지그시 깨물며 주먹을 꽉 움켜쥐었다.

"놈들이 무슨 짓을 저지른 것인지 반드시 알려줄 것입니다. 열 배, 백 배로."

"암, 당연히 그래야지. 이 할애비는 너를 믿는다."

믿음 가득한 눈빛으로 고개를 끄덕이던 진산우의 표정이 갑자기 흐려졌다.

"아, 그런데 그 친구는 정녕 가능성이 없더냐?"

곽정산의 상태를 묻는 진산우의 음성이 절로 떨렸다.

공손림과의 싸움에서 치명상을 당한 곽정산은 조금 전에

야 비로소 의식을 회복한 상태였다.

"죄송합니다. 다행히 목숨은 건지셨으나 단전이 크게 훼손되어……."

진유검이 말끝을 흐렸다.

지닌 바 모든 재주를 발휘하여 노력했음에도 간신히 목숨만 지켜냈을 정도로 곽정산의 부상은 심했다.

"네가 죄송할 것은 없다. 그 또한 어쩔 수 없는 노릇이지. 그래도 목숨엔 지장이 없다고 하니 그만하길 다행이다."

단전이 회복 불가능할 정도로 파괴되었으니 무인으로서의 삶은 완전히 끝났을 터.

애써 괜찮다며 자위를 하고는 있어도 진산우의 얼굴엔 안타까움이 가득했다.

"그래도 무염은 제대로 정양만 한다면 별 탈 없을 겁니다."

"잘되었구나. 참으로 잘된 일이야."

독고무와 함께 의협진가의 마지막 보루를 지키기 위해 온몸을 불사른 무염.

목숨이 위태로울 정도의 중상을 당하고 아직까지 의식을 회복하지 못하고 있던 무염의 희망적인 소식에 진산우의 표정이 조금은 나아졌다.

"태상가주님."

문밖에서 장초의 음성이 들려왔다.

"들어오너라."

진산우의 허락이 떨어지자 장초가 약간은 상기된 표정으로 들어섰다.

"무슨 일이더냐?"

"무황성에서 지원군이 도착했습니다."

"지원군? 무황성에서?"

진산우가 놀라 되물었다.

"예, 본가의 소식을 접하고 밤낮을 가리지 않고 달려왔다고 합니다."

"신천옹의 요원들이 저희와 함께 움직였습니다. 그들의 연락을 받고 병력을 보낸 것 같군요."

진산우에게 간단히 설명을 한 진유검이 장초에게 물었다.

"누가 온 건가?"

"뇌력대와 섬전대라고 했습니다."

"뇌력대와 섬전대를? 허! 아무리 본가가 위험에 빠졌다고 해도 이 급박한 시기에 그들을 보낼 줄이야."

세외사패의 공격을 코앞에 둔 지금 무황성의 가장 강력한 전투단을 의협진가로 보낸 사공백의 배려에 진산우는 진심으로 감격한 표정을 지었다.

"그런데 걱정입니다."

장초가 슬며시 한숨을 내뱉었다.

"걱정?"

"예, 세가의 거의 모든 건물이 잿더미로 변했습니다. 그 바람에 저들이 머물 장소가 마땅치가 않습니다."

"음."

진산우가 낭패한 표정으로 침음을 내뱉었다.

적들의 방화로 의협진가 내에 멀쩡한 건물은 독고무와 무염이 끝까지 사수한 내원의 가장 은밀한 장소, 그리고 지금 그들이 앉아 있는 전각뿐이었다.

사실상 살아남은 식솔들 머물기도 버거울 지경인데 지금은 부상자들로 넘쳐났다.

아니, 애당초 이백에 이르는 인원을 수용할 정도로 넓지도 않았다.

"신경 쓰지 마세요. 저들이 바보가 아닌 이상 본가가 어떤 상황이라는 것을 모를 리 없습니다. 직접 눈으로도 보았을 것이고요. 당장 노숙을 한다고 해도 불평을 터뜨리지는 않을 겁니다."

"그래도 우리를 돕고자 먼 길을 달려온 사람들이거늘."

"정 부담이 되시면 인근 객점이나 무관, 아니, 그럴 것 없이 수호표국으로 보내면 될 것 같습니다."

진유검의 말에 진호가 조심스레 고개를 저었다.

"수호표국의 피해도 만만치 않습니다. 게다가 저들 모두를 수용할 수 있을 정도로 크지도 않고요. 차라리 흑월방에 머물게 하는 게 좋을 것 같습니다. 인명 피해는 많았지만 그 외의 건물은 멀쩡한 것으로 압니다."

"좋은 생각이다."

진호의 의견이 마음에 들었던 진유검이 그의 머리를 쓰다듬어 주었다.

"머물 곳은 차차 생각하기로 하고 우선은 저들을 만나보시는 것이 좋겠습니다, 할아버님."

"그러자꾸나. 우리를 돕고자 달려온 자들에 대한 인사는 해야 할 터이니."

진산우가 자리에서 일어나 방문을 나서고 진유검과 진호가 그 뒤를 따랐다.

"뇌력대주 마촉(馬燭)이 의협진가의 태상가주님과 수호령주님을 뵙습니다."

"섬전대주 사공조(司空助)가 의협진가의 태상가주님과 수호령주님을 뵙습니다."

의협진가를 구하라는 특명을 받고 만 하루를 꼬박 달려

온 뒤 도착하자마자 쉴 틈도 없이 생존자들과 함께 전장을 정리하던 뇌력대주 마촉과 섬전대주 사공조가 진산우와 진유검을 발견하곤 바람처럼 달려와 예를 차렸다.

"참으로 고맙소. 본가를 위해 그 먼 길을 이렇게 한달음에 달려와 주다니."

진산우가 정중하게 인사를 받으며 사의를 표했다.

"서둔다고 서둘렀는데 그래도 너무 늦은 것 같아 송구하기 그지없습니다."

마촉과 사공조는 모든 싸움이 끝난 후에 도착한 것을 다소 민망해하는 표정이었다.

"무황성과 본가의 거리가 얼마인지 모르는 사람은 없으니 너무 그러지들 마십시오. 솔직히 주변 지부도 아니고 무황성에서 직접 지원군이 올 것이라곤 생각하지도 않았습니다. 고맙습니다."

진유검이 자신들을 향해 머리를 숙이자 마촉과 사공조는 당황하는 하는 기색이 역력했다.

진유검과 크게 안면을 튼 것은 아니다.

솔직히 먼발치에서 얼굴을 한두 번 보았을 뿐 제대로 말을 섞어보지도 못했다.

하지만 그들은 진유검이 무황성과 무림에 어떤 바람을 불고 왔고 또 얼마나 중요한 인물인지 너무도 잘 알고 있었다.

특히 진유검과 천무진천과의 대결을 우연찮게 목도한 사공조는 당시 진유검이 보여주었던 압도적인 무위에 반해 그의 열렬한 추종자로 변할 정도였다.

그런 진유검이, 일신에 지닌 실력은 물론이거니와 수호령주라는 무소불위의 지위까지 지닌 그가 더없이 정중한 자세로 고맙다는 인사를 하는 것이었으니 그만한 감동이 없었다.

"본가의 상황이 이렇다 보니 편히 쉴 곳도 없구려. 면목없지만 다른 곳에 거처를 마련하도록 할 터이니 그곳에서 여장을 풀도록 하시오."

진산우의 말에 마촉과 사공조는 당치도 않다는 표정으로 고개를 흔들었다.

"편안히 안부나 여쭙자고 온 저희가 아닙니다. 풍찬노숙(風餐露宿:바람과 이슬을 맞으며 한데서 잔다는 뜻)에 익숙한 아이들이니 걱정하지 않으셔도 됩니다."

"아무리 그래도……."

진산우가 곤란한 표정으로 말끝을 흐리자 사공조가 재빨리 말을 덧붙였다.

"무황께선 저희에게 어떤 상황에서도 목숨을 다해 의협진가를 지키라 명하셨습니다. 지금 당장은 싸움이 끝났고

적이 물러났을지 모르나 모든 위험이 사라진 것은 아니라 봅니다. 하니 저희가 어찌 감히 이곳을 떠날 수 있겠습니까?"

"그대들이 머물 처소는 본가와……."

뇌력대와 섬전대를 위해 준비한 처소가 의협진가와 얼마 떨어지지 않는다는 말을 하려던 진산우가 입을 다물었다.

무황의 명이 떨어진 이상 섬전대와 뇌력대는 어떤 이유에서든 의협진가를 떠나지 않으리라 판단한 진유검이 그의 팔을 잡고 고개를 저었기 때문이었다.

"자네들 뜻이 정히 그렇다면 어쩔 수 없는 것이겠지, 유검아."

"예, 할아버님."

"부족하나마 최대한 편의를 봐주도록 하여라."

"그리 준비하겠습니다."

공손히 대답한 진유검이 마촉과 사공조를 향해 말했다.

"필요한 물건이 있으면 말씀을 하십시오. 그리고 처소는 청운각으로 하지요. 불에 탄 것은 다른 전각과 마찬가지지만 다행히 골조는 남아 있으니 광목을 덧대 지붕을 올린다면 이슬은 피할 수 있을 것입니다."

청운각 쪽으로 몸을 돌리며 설명을 하던 진유검은 다소

굳은 얼굴로 걸어오는 독고무를 확인하곤 슬쩍 손을 들었다.

마촉과 사공조를 만나기 전, 사람을 보낸 흑월방을 잠시 사용해야겠다는 전갈을 보낸 그는 독고무가 그 얘기를 하기 위해 오는 것이라 여겼다.

"미안하다. 흑월방을 사용하는 일은 없던 것으로 해야겠다. 그런데 수하를 보내지 뭣하러 직접 와. 아직 몸도 성치 않으면서."

진유검은 독고무의 굳은 표정이 부상에 의한 고통 때문이라 여기며 혀를 찼다.

한데 독고무는 그가 예상한 것과는 전혀 다른 얘기를 꺼냈다.

"나 항주로 돌아가야겠다."

"항주? 갑자기 항주는 왜? 아직 무리다. 멀쩡한 것 같아도 부상이 만만치 않아. 제대로 정양하지 않으면 오래 고생한다."

진유검이 깜짝 놀란 얼굴로 고개를 흔들었다.

"걱정하지 마라. 내 몸은 내가 잘 알아."

독고무가 부상 부위를 가볍게 두드리며 말하자 진유검이 미간이 확 찌푸려졌다.

"뭔 고집이야. 안 된다고……."

독고무의 뒤쪽으로 무창 지부장 동종유와 살아남은 복천회 수하들이 모조리 따라붙은 것을 본 진유검이 말문을 닫았다.

"무슨 일이냐?"

진유검이 착 가라앉은 음성으로 물었다.

평소와는 다른 독고무의 태도와 잔뜩 긴장되고 상기된 수하들의 모습에서 뭔가 심상치 않은 일이 벌어지고 있음을 직감했다.

"일은 무슨. 내가 자리를 너무 오래 비웠잖아. 다른 이들에게 두 장로의 죽음도 알려야 하고."

독고무가 애써 밝은 표정을 지으며 말했지만 진유검의 시선은 이미 그의 뒤쪽에 서 있는 동종유에게 향했다.

"지부장님."

"예, 공자님."

앞으로 나선 동종유가 허리를 숙였다.

"무슨 일입니까?"

"그, 그게……."

동종유가 독고무의 눈치를 보며 멈칫거리자 진유검의 음성이 한층 더 가라앉았다.

"이 녀석은 신경 쓰지 말고 똑바로 얘기하세요. 무슨 일입니까? 항주에 무슨 일이 벌어지고 있기에 냉철하기 짝이 없는 이 녀석이 이렇게 앞뒤를 가리지 못하고 서두르는 것입니까?"

"그, 그것이… 죄, 죄송합니다. 말씀드릴 수 없습니다."

뭐라 입을 달싹이려던 동종유는 살기 어린 독고무의 시선을 받고 질끈 눈을 감았다.

"별일 아니라고 했잖아. 우린 상관하지 말고 이곳 일에나 신경 써라. 쉽게 끝날 싸움이 아니야. 내 생각이 맞다면 놈들은 다시 온다."

독고무가 진유검의 팔을 툭툭 치며 말했다.

"그건 내가 바라는 바고."

독고무의 말을 일축한 진유검이 마촉과 사공조를 돌아보았다.

"뇌력대나 섬전대에 신천옹 혹은 천목의 요원이 배속되어 있습니까?"

사공조가 얼른 대답했다.

"예, 수호령주님. 신천옹의 요원이 있습니다."

"불러주십시오."

사공조는 진유검의 말이 끝나기도 전에 한 사내를 불렀다.

진유검은 날랜 걸음으로 다가오는 청년에게서 풍기는 분위기를 통해 그가 얼마 전까지 본의 아니게 동행했던, 음부곡 곡주를 무황성으로 압송해 간 산천웅 요원들과 같은 부류임을 확신했다.

"고구라 합니다."

청년이 허리를 숙였다.

"혹, 항주에 무슨 일이 벌어지고 있는지 알 수 있을까?"

고구의 시선이 사공조에게 향하자 사공조가 신중히 고개를 끄덕였다.

"정확하게 무슨 일을 알고 싶으신 것인지 여쭤도 되겠습니까?"

고구가 침착한 음성으로 물었다.

"복천회라고 들어는 봤지?"

"예, 천마신교의 눈을 피해 숨어 있다가 최근에 항주에 자리를 잡은 것으로 알고 있습니다."

"여기 있는 이 녀석이 복천회주다."

지금은 비록 쫓겨난 상황이지만 복천회는 사실상 천마신교의 정통을 잇는 곳이었고 무황성과 천마신교의 사이를 감안했을 때 복천회 또한 무황성과 대척점을 이루는 세력이었다.

한데도 진유검은 무황성을 대표한다고 할 수 있는 두 무력단체의 수장을 앞에 두고 독고무의 정체를 드러내는 데 거침이 없었다.

그런 진유검의 발언에 당황한 사람은 오히려 마촉과 사공조였다.

그들은 새삼스런 눈길로 독고무와 그 뒤의 수하들을 바라보았다.

"다시 묻지. 항주에, 아니, 복천회와 관계되어 어떤 일이 벌어지고 있는 것인지 파악하고 있는 것이 있나?"

진유검의 물음에 독고무를 잠시 바라본 고구가 다소 긴장된 어투로 말했다.

"복천회와 연관된 일이라면 하나뿐입니다."

"뭐지?"

"천마신교가 복천회를 치기 위해 대거 병력을 움직였습니다. 혈천마부 능자수가 이끄는 선발대가 이미 항주 인근까지 접근한 것으로 압니다."

"이거였군."

진유검이 독고무에게 고개를 돌렸다.

비웃기라도 하듯 입꼬리가 잔뜩 말아 올라간 것을 본 독고무는 진유검이 극도로 화가 났음을 깨닫고 변명하듯 말했다.

"속일 생각은 없었다."

"미친놈. 속인다고 속냐?"

"미안하다. 하지만 이곳의 상황이……."

"시끄럽고."

독고무의 말을 단칼에 자른 진유검은 어느새 냉정을 되찾았다.

"선발대를 이끄는 사람이 혈천마수 능자수라고 했던가?"

"그렇습니다. 천마신교 좌사의 지위에 있는 자입니다."

"숫자는?"

"대략 백오십 정도로 보입니다."

"선발대라고 했으니 또 다른 병력도 있겠군."

"그렇습니다. 선발대에 이어 주력이 이동 중입니다."

"주력의 병력은?"

"정확히 파악은 되지 않았지만 사백 정도 되는 것으로 압니다. 우사 고루마종이 이끌고 있습니다."

고구의 대답에 진유검 독고무를 바라보았다.

"대충 오륙백은 넘는 것 같네. 인원수로는 거의 비슷한 것 같은데 아무래도 못 막겠지?"

"내가 항주에 있고 섬전검과 삼안마도가 건재했다면 당연히 막을 수 있다. 하지만 지금 상태라면 힘들다. 항주에 모든 전력이 모여 있는 것도 아니고."

독고무가 힘없이 고개를 저었다.

"마도제일뇌가 있잖아. 혈륜전마 영감도 있고."

"아무리 뛰어난 두뇌와 연륜을 지닌 인물이 있다고 해도 워낙 준비가 되어 있지 않아. 무엇보다 복천회 무력의 중추라 할 수 있는 섬전검과 삼안마도가 없다는 것은 심각한 문제다."

한숨을 내쉬던 독고무는 아차 싶었다.

섬전검과 삼안마도의 죽음이 다름 아닌 의협진가를 돕다가 벌어진 일이었으니 복천회의 위기에 결정적인 역할을 한 곳이 바로 의협진가라 역설한 꼴이 되어버렸기 때문이었다.

"오해는 하지 마라. 그냥 상황이 그렇다는 것이니까."

독고무가 진유검과 탄식하고 있는 진산우를 번갈아 바라보며 말했다.

"사실인데 오해는 무슨. 아무튼 그래서, 천마신교의 공격에서 복천회를 지키기 위해 항주로 가겠다고?"

"복천회주로서 당연한 일이잖아."

"네 말대로 당연하긴 한데 그 몸으론 불가능하다는 건 너도 알잖아. 정상적인 몸으로도 버거운 일인데."

"그래도 나를 기다리는 수하를 버릴 수는 없다."

독고무는 단호했다.

"아니. 말은 제대로 해라. 수하들은 이렇게 부상에 신음

하는 회주가 아니라 좌사든 우사든 압살해 버릴 수 있는 실력을 지닌 회주를 기다리는 거다. 거기에 더해 섬전검과 삼안마도라는 고수까지."

"……."

입술을 꽉 깨문 독고무는 아무런 대꾸도 하지 못했다.

"무엇보다 내가 보내지 않는다."

흠칫한 독고무가 놀란 눈을 치켜뜰 때 진유검이 진사우에게 고개를 돌렸다.

"아무래도 제가 다녀와야겠습니다."

"의당 그래야 할 것이다."

진산우는 진유검의 말이 길어질 때부터 이미 지금의 상황을 예견했다.

"무슨 소리야 이런 상황에서……."

"넌 빠져 있어. 제 몸도 가누지 못하는 놈이 무슨 책임을 진다고."

두 눈을 부라리며 독고무의 말을 일축한 진유검이 마촉과 사공조에게 물었다.

"성주께서 또 다른 명을 내리진 않으셨습니까?"

"예?"

"제 억측일 수 있습니다만 무황께선 의협진가를 지키라는 명 이외에 분명 또 다른 명을 내리셨을 것 같아서 묻는 것입니다.”

순간, 사공조의 얼굴이 곤혹스럽게 변했다.

“그것을 어찌…….”

“의협진가를 위한 성주님의 배려는 감사하지만 세외사패의 침공이 임박한 지금 무황성에서 가장 강력한 전력이라 할 수 있는 섬전대와 뇌력대가 언제까지 이곳에 머물 수는 없었을 테니까요. 제 말이 틀립니까?”

“아, 아닙니다. 수호령주님께서 말씀하신 대로 무황께선 저희에게 또 한 가지 명령을 내리셨습니다.”

“그게 무엇입니까?”

잠시 망설이던 사공조가 더없이 신중하면서도 공손한 어조로 대답했다.

“늦지 않게 도착하여 큰 피해 없이 적을 막아낸다면 다행이나 만약 그렇지 않을 경우, 가령 지금처럼 막대한 피해를 입게 되고 적의 위협이 계속되는 상황이 되면 의협진가의 안전을 위해서라도 다른 방법을 찾으라고 하셨습니다.”

“다른 방법에 대한 언급도 있었을 것 같군요.”

“그렇습니다만 제가 쉽게 꺼낼 말은 아닌지라…….”

사공조가 주변을 둘러보며 말끝을 흐리자 진유검은 그 이유를 알고 있다는 듯 가볍게 웃음 지으며 입을 열었다.

"의협진가를 버리라고 하셨군요."

정곡을 찔린 사공조가 놀란 눈으로 입을 쩍 벌린 채 아무런 대꾸도 하지 못하자 오히려 주변에서 이런저런 탄식과 약간은 분노가 섞인 웅성거림이 들려왔다.

오해를 차단하기 위해서라기보다 정확한 설명을 해야 한다고 판단한 마촉이 얼른 나섰다.

"의협진가를 버리라는 것이 아니라 의협진가 여러분을 안전한 곳으로 모시라는 뜻이었습니다. 물론 그 어떤 상황에서도 의협진가의 의견이 우선이 되어야 한다고 성주님께선 말씀하셨습니다."

"허허! 참으로 고마운 말씀이오."

진산우가 고마운 표정으로 사의를 표했다.

"한 말씀 더 올리자면 성주님께선 의협진가가 만약 안전한 곳으로 움직이길 원하신다면 그 장소로 무황성도 한 번쯤은 고려해 달라고 말씀하셨습니다."

사공조가 진유검의 눈치를 살피며 말했다.

의협진가의 가장 큰어른은 당연히 진산우였지만 사실상 모든 결정은 진유검의 판단에 달려 있다는 것을 알고 있기 때문이었다.

진유검의 예측대로 무황은 그들에게 두 가지 명령을 내렸다.

첫째는 의협진가를 적의 공격으로부터 보호하는 것이고 둘째는 방금 밝힌 대로 의협진가의 안전에 문제가 생기면 가급적 안전한 무황성으로 피신하도록 유도하는 것이 바로 그것이었다.

겉으로 드러난 명분은 그랬지만 무황의 진정한 의도는 다른 곳에 있었다.

루외루라는 전혀 엉뚱한 세력이 의협진가를 노리게 되자 무황이, 정확히 말해서 무황성에서 가장 걱정한 것은 진유검의 거취 문제였다.

짧은 시간 동안 진유검이 보여준 능력은 타의 추종을 불허하는 것이었고 세외사패의 공격이 임박한 지금 그의 실력은 무황성, 나아가 중원무림이 지닌 가장 강력한 무기라 해도 과언은 아니었다.

한데 그런 진유검이 전혀 엉뚱한 세력의 도발로 인해 발목이 잡힐 위험이 생긴 것이다.

무황성과 중원무림으로선 그야말로 최악의 상황.

제아무리 대의를 위하고 중원무림을 위해서라 하더라도 당장 눈앞에 닥친 본가의 위기를 외면하고 함께 싸워달라고 청하는 것은 분명 무리였다.

만약 진유검이 의협진가에 머물러야 되는 상황이 닥칠 경우 아예 의협진가를 무황성으로 이동시켜 안전을 확보케

하면 모든 문제가 해결되리라 판단한 무황은 사공조와 마촉에게 무슨 일이 있어도 의협진가를 무황성으로 옮기도록 해야 한다고 밀명을 내렸다.

진유검 또한 그런 작금의 상황과 무황의 내심을 충분히 의식하고 있는 상태였다.

"성주님의 제안이 어떻습니까, 할아버님?"

진산우가 담담히 입을 열었다.

"실리냐, 명분이냐 하는 문제로구나. 무황의 배려를 받아들여 본가의 식솔들을 무황성으로 옮긴다면 적들의 위협에서 벗어나 안전을 담보할 수는 있겠지만 본가를 버림으로써 지금껏 목숨을 아까워하지 않고 불의와 타협하지 않았던 전통은 사라지고 말겠지. 쉽게 결정할 수 있는 문제는 아니야. 네 생각은 어떠하냐?"

난데없는 물음에 당황한 진호가 두 눈을 끔뻑거렸다.

"아직 정식으로 가주직에 오른 것은 아니나 사실상 본가의 가주는 네가 아니더냐? 설마하니 이런 중차대한 일을 이 늙은 할애비에게 전적으로 맡기려는 것은 아니겠지?"

"아, 아닙니다."

"그러니까 네 의견을 말해보거라. 어찌 생각하느냐?"

차분히 생각을 정리한 진호가 크게 심호흡을 한 뒤 입을 열었다.

"잠시 몸을 피한다고 불의와 타협하는 것은 아니라고 봅니다. 만약 움직인다면 오히려 불의와 타협하지 않기 위함이라고 생각합니다."

뜻밖의 대답인지 진산우의 미간이 씰룩였다.

"불의와 타협하지 않기 위해서라?"

"그렇습니다."

"설명을 해보거라.

느긋한 얼굴로 지켜보는 진유검과 초조한 빛을 띠고 있는 사공조, 마촉을 힐끗 바라본 진호가 당당한 어조로 말을 이어갔다.

"중원무림은 지금 풍전등화의 위기에 빠져 있다고 들었습니다. 세외사패의 침공이 임박한 지금……."

사공조가 얼른 끼어들었다.

"말씀 중에 죄송합니다만 침공은 이미 시작되었습니다."

"세외사패가 공격을 시작했단 말입니까?"

진유검이 놀라 물었다.

"예, 이곳에 도착하기 바로 전, 야수궁이 북상을 시작했다는 소식을 접했습니다."

사공조가 진호에게 미안한다는 표정을 지으며 입을 다물

자 잠시 동안 침묵이 이어졌다.

그 침묵을 깬 사람은 진호였다.

"세외사패가 침공을 시작한 이상 이제 곧 사방에서 큰 싸움이 벌어질 것이고 무황성을 중심으로 무림의 모든 힘이 모이게 될 것입니다. 과거를 돌이켜 보건데 그 싸움의 선봉엔 당연히 본가가 있어야 합니다만 안타깝게도 지금 본가엔 그만한 여력이 없습니다, 할아버님."

"그래, 그렇게 되었구나."

진산우가 씁쓸한 얼굴로 고개를 끄덕였다.

"해서 더욱더 무황성으로 본가를 이동시켜야 합니다. 목숨에 연연해 눈앞의 적을 피하고자 함이 아니라 그래야 세외사패든 루외루든 별 걱정 없이 숙부님이 싸움에 나설 수 있기 때문입니다. 그리고 눈치를 보니 무황성에서도 본가의 전력보다는 숙부님의 힘이 절실히 필요한 것 같습니다."

진호의 말에 반색하고 있던 사공조와 마촉이 연신 헛기침을 해댔다.

"네 말도 일리가 있구나. 허허!"

늘 어리게만 보았던 진호가 자신만의 주관을 갖고 제대로 성장하고 있음을 확인한 진산우가 크게 흡족한 얼굴로 고개를 끄덕이며 진유검에게 물었다.

"이 할애비가 이곳은 신경 쓰지 말고 수호령주로서 책임을 다하라고 해도 따르진 않겠지?"

"물론입니다."

진유검이 웃었다.

"본가의 체면만을 세우자고 무림의 위기를 외면할 수는 없는 노릇. 호의 의견을 따르는 것이 좋겠구나."

마침내 결정이 내려졌다.

최상의 결과가 도출되었다는 생각에 사공조와 마촉은 서로 마주보며 기쁜 기색을 감추지 못했다.

바로 그때였다.

"그렇다고 꼭 무황성은 아닙니다."

"그건 무슨 뜻이냐?"

"성주님이, 무황성이 저를 원한다고 해도 지금 당장은 갈 수 없습니다."

이유를 물으려던 진산우는 초조한 기색으로 서 있는 독고무를 바라보곤 이내 고개를 끄덕였다.

하지만 사공조와 마촉은 당연히 이해를 하지 못했다.

"당장은 갈 수가 없다는 것이 무슨 뜻입니까?"

"세외사패의 공격이 이미 시작되었습니다, 령주님."

사공조와 마촉의 물음에 진유검이 오른팔로 독고무의 어깨를 감쌌다.

"방금 듣지 않으셨습니까? 복천회가 위험에 빠졌습니다."

"예?"

"그, 그건 그렇습니다만 무림의 상황이……."

"어차피 예정된 침공이고 제가 없다고 금방 끝날 싸움은 아니라고 봅니다. 하지만 복천회는 다르지요. 당장 도와야 합니다."

진유검에겐 지극히 상식적인 말이었으나 사공조와 마촉은 진유검의 말을 도저히 받아들일 수 없었다.

"수호령주께서 복천회주와 친분이 있다는 것은 이해를 합니다만 중원무림이 위험한 상태입니다."

"무황성의 수호령주로서 어째서 무림의 안위보다 천마신교의 내분에 더 신경을 쓰려는 것인지 이해를 할 수가 없습니다."

사공조와 마촉이 다소 거칠게 반발하자 진유검의 눈빛이 조금은 서늘해졌다.

"뭔가 착각들 하시는군요. 수호령주라는 지위가 제 행동을 구속할 수는 없습니다. 무황의 권위나 무황성의 힘 또한 마찬가지. 복천회의 일이 두 분에겐 그저 천마신교의 내분일지 모르나 제겐 하나뿐인 친구의 일입니다. 세외사패의 침공 따위와는 비교도 되지 않을 중대한 일이란 말이지요."

"령주님!"

사공조가 당황스런 외침을 터뜨리자 독고무가 진유검의 팔을 잡았다.

"그만해라. 저들 말이 틀리지 않아."

"틀리지 않긴. 그래서 아무런 설명도 없이 이리 급하게 내빼려고 한 거냐? 넌 그냥 입 닥치고 있어."

또다시 독고무의 말을 일축한 진유검이 사공조와 마촉을 향해 차갑게 말했다.

"다시 말씀드립니다. 전 항주로 갑니다. 그쪽 일이 정리되는 대로 무황성으로 돌아가도록 하겠습니다만 그래도 정 불만이라면 수호령주라는 지위를 무황성에 반납토록 하지요."

사공조와 마촉은 수호령주의 지위를 반납한다는 진유검의 경고에 감히 대꾸하지 못했다.

두 사람을 침묵시킨 진유검이 진산우를 향해 말했다.

"항주에 다녀와야겠습니다."

"잘 생각했다."

"언짢지 않으십니까?"

"친구를 돕는다는데 언짢아할 이유가 없지. 이 할애빈 본가의 식솔들을 데리고 무황성으로 가야겠다. 기왕 움직이기로 마음먹은 이상 가장 안전한 곳으로 가야지."

"괜찮으시겠습니까?"

"걱정하지 말거라. 네 녀석이 없다고 박대를 할 정도로 무황의 도량이 좁지는 않아."

너털웃음을 흘리며 던진 말이지만 사공조와 마촉에겐 은근한 협박처럼 들렸다.

"그리고 무야."

"예, 할아버님."

독고무가 공손히 대답했다.

"급할수록 돌아가라는 말이 있다. 복천회의 상황이 좋지는 않으나 잘 극복할 수 있으리라 본다. 정상적인 몸도 아닌데 너무 조급하게 생각 말고 마음에 여유를 갖도록 해라. 이 녀석이 함께 항주로 간다고 하니 큰 걱정하지 말고."

"예, 명심하겠습니다."

독고무가 다시금 공손히 대답했다.

그사이 시퍼렇게 날이 선 기세로 사공조와 마촉에게 무황에게 전하는 몇 가지 말을 남긴 진유검이 몸을 돌렸다.

"갈 길이 머니 서두르자."

"그래, 그리고 고맙다."

독고무의 음성이 살짝 떨렸다.

피식 웃은 진유검이 그의 가슴을 툭 치며 말했다.

"너와 네 수하가 없었으면 의협진가는 멸문지화를 당했을 거다. 말 그대로 목숨을 걸고 본가를 지켰잖아. 이번에 나다. 내가 너를, 복천회를 지켜주마."

35장 선택

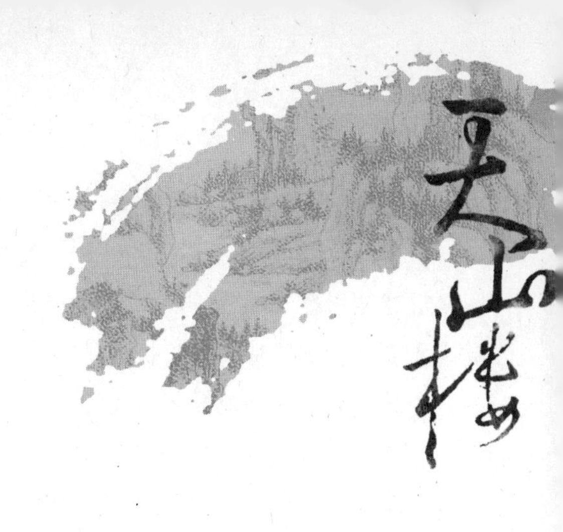

한밤중에 날아든 비보에 회의실은 죽음과도 같은 적막감에 사로잡혔다.

간간히 들려오는 바람 소리, 을씨년스럽게 흔들리는 등잔불이 심란함을 더욱 부채질했다.

"어찌할 생각이신가?"

침소에 들었다가 의협진가에서 벌어진 참상을 전해 듣고 부랴부랴 달려오느라 의복조차 제대로 갖추지 못한 공손규가 의자 깊숙이 몸을 파묻고 있는 공손후에게 물었다.

"생각 중입니다."

공손후의 조용한 대답에 공손창이 불같이 화를 냈다.

"지금 상황에서 생각이라니 너무 안일한 대답이 아닌가? 당장 병력을 보내 복수를 해도 모자랄 판에."

공손창의 무례하기까지 한 태도에 회의실에 모인 이들의 눈살이 절로 찌푸려졌다.

비록 그가 루외루의 원로이자 사적으론 루주의 당숙이란 위치에 있었지만 분명 도를 넘는 행동이었다.

그렇다고 딱히 제지를 하거나 반박을 하는 사람은 없었다.

그의 아들과 막내 손자가 의협진가를 공격하기 위해 나섰다가 목숨을 잃었기 때문이었다.

"심정이야 충분히 이해는 합니다만 그렇게 서두르기만 할 일은 아닌 것 같습니다, 형님."

공손무가 흥분한 공손창을 달래며 말했다.

"뭐라! 심정을 이해한다면서 서두르지 말라?"

공손창이 잔뜩 날이 선 음성으로 소리쳤다.

"형님뿐만 아니라 다른 사람들도 피붙이를 잃었습니다. 하지만 형님처럼 흥분하는 사람은 없습니다. 설마하니 그들이 화를 낼 줄 몰라서, 분노를 할 줄 몰라서 그런다고 생각하시는 것은 아니겠지요?"

공손무의 착 가라앉은 음성과 눈빛에 다시금 소리를 지

르려던 공손창이 간신히 화를 억눌렀다.

"아우 말이 맞네. 지금은 마냥 흥분할 것이 아니라 보다 냉정한 판단을 해야 할 때야. 자네 말처럼 복수를 한다고 가정해 보세. 대체 어떤 방법으로 누가 나서서 복수를 한단 말인가? 삼선이 속수무책으로 당했고 조카는 물론이고 본루의 미래라 불리는 아이들까지 목숨을 잃었네. 수호령주의 실력은 우리의 예상을 완벽하게 벗어난 상태일세. 솔직한 생각을 밝히자면 이제는 루주가 나선다고 해도 승리를 자신할 수 있을 것 같지 않아."

공손규의 말에 공손창이 자리에서 벌떡 일어났다.

"제가 갈 것입니다. 제가 놈의 목을 따오지요."

"그만하라고 했네. 평생 동안 상단만 이끌어온 아우가 무슨 수로 그자를 쓰러뜨린단 말인가? 물론 자네의 실력이 약한 것은 아니지만 이곳에서 자네보다 실력이 떨어지는 사람은 아무도 없어. 문제는 이들 중에서 삼선을 쓰러뜨릴 수 있는 사람도 거의 없다는 것이지."

"실력이 안 되면 금력을 써서라도 놈을 잡을 것입니다. 놈의 목에 현상금을 걸지요. 중원무림의 모든 세력, 살수, 낭인들이 혹할 만한 액수를. 그것도 부족하면 군부의 힘이라도……."

"당숙께선 뭔가 크게 착각을 하시는 것 같습니다."

공손창의 무례한 행동을 한참 동안이나 말없이 지켜보던 공손후가 입을 열었다.

"착각? 무엇을 착각했단 말인가?"

공손창이 흥분을 감추지 않고 물었다.

"하면 공손세가의 가주이자 루외루의 루주로서 묻겠습니다. 당숙께서 동원한다는 그 금력이 숙부 개인의 것입니까?"

"그, 그건……."

말문이 막힌 공손창이 당황한 빛을 감추지 못할 때 공손후의 냉정한 음성이 이어졌다.

"당숙께서 노력하신 것을 폄하하는 것은 아닙니다. 하지만 애당초 당숙께 주어졌던 금력의 주인은 공손세가, 나아가 우리 루외루의 것입니다. 맞습니까?"

"마, 맞네."

"한데 어째서 그 막대한 금액을 사적인 용도로 사용하시겠다는 것입니까?"

"말이 지나치시네. 놈에게 당한 이들의 복수를 하자는 것인데 사적인 용도는 아니지 않은가?"

공손창이 난처함과 불만이 한데 뒤섞인 얼굴로 말했다.

"말씀이야 그렇게 하시지만 여기 있는 누구도 그렇게 받아들일 것 같지는 않군요. 아니, 다른 이들의 의견을 떠나서 제가 용납하리라 보신 겁니까?"

공손후의 싸늘한 눈빛을 받은 공손창의 몸이 움찔했다.

"미, 믿어주시게. 절대로 그런 뜻은 아니었네."

"……."

"아무렴 내가 본 루의 재산을 내 함부로 탐하겠는가? 하늘에 맹세코 그런 생각을 가져본 적이 없다네."

서슬 퍼렇게 내세우던 기세는 어디 가고 공손후의 위엄에 겁먹은 강아지마냥 쩔쩔매는 공손창의 모습을 보며 다들 고소를 감추지 못했다.

잠시 노기를 드러내며 공손창을 압박했던 공손후가 기세를 거둬들였다.

"하늘에 맹세까지 한다고 하시니 믿어드리지요. 하지만 이번뿐입니다. 큰조카를 생각해서라도 신중히 행동하셔야 할 겁니다."

공손창은 공손후가 큰손자를 거론하자 온몸에 소름이 돋았다.

근래 들어 큰손자 공손악(公孫岳)은 음부곡에서의 실수로 사실상 후계자 자리에서 쫓겨날 것이 유력한 공손근을 밀어내고 새롭게 대두되고 있는 후보자 중 한 명이었다.

"하면 루주의 생각은 어떠한 것인가?"

공손규가 망신을 자처한 공손창을 못마땅한 얼굴로 바라

보다 물었다.

“당장 복수를 한다는 것은 솔직히 무리 같군요. 사실 이번의 참상은 놈의 실력을 제대로 파악하지 못하고 성급히 공격을 결정한 제 불찰도 큽니다. 본 루의 정체를 세상에 드러내는 것을 각오한 일이데 성공은커녕 오히려 그 바람에 아까운 인재들을 잃었습니다. 죄송합니다.”

공손후는 공손규를 비롯한 루외루의 원로, 장로들에게 자신의 실책을 솔직하게 밝히고 머리를 숙였다.

“그것이 어째서 루주의 잘못이란 말인가? 음부곡이 무너지고 루외루의 후계자가 포로가 된 급박한 상황이었네. 여기 있는 누구도 루주를 책망할 사람은 없을 것이야.”

공손규가 당치도 않다는 얼굴로 손사래를 쳤다.

“설마 복수를 포기하겠다는 말인가?”

기가 죽어 잠시 물러났던 공손창이 다시금 언성을 높였다.

“복수를 포기한다는 뜻은 아닙니다. 다만 서두르지 않겠다는 말이지요. 계속해서 의협진가를 공격하다 보면 필연적으로 무황성과 충돌하게 되어 있습니다. 세외사패와 예정되어 있는 싸움을 앞두고 있는 무황성을 건드려 굳이 우리가 먼저 피를 흘릴 필요는 없다고 봅니다. 이미 잘못된 판단으로 큰 실수를 범했습니다. 같은 실수를 반복하는 것은 어리석은 일이지요."

"노부도 같은 생각입니다, 루주."

조유유가 살랑살랑 흔들던 섭선을 접으며 말을 이었다.

"야수궁이 이미 북상을 시작했다고 하니 나머지 삼패 역시 조만간 중원무림에 대한 공격을 시작할 터. 비록 의협진가의 일로 본 루가 세간의 입에 잠시 오르내리겠지만 눈앞에 닥친 적으로 인해 그리 심하게 추적을 당하지는 않으리라 봅니다."

"추적이라면 무황성이 우리의 뒤를 캔다는 것인데 지금은 그것이 중요한 것이 아니라 우리에게 주어진 좋은 기회를 어떻게 살리냐는 것이 우선인 것 같군."

이명의 말에 조유유가 고개를 갸웃거렸다.

"기회라니?"

"난세 아닌가? 세외사패가 중원무림을 공격하고 웅크리고 있던 산외산이 그 배후에 있는 것으로 짐작되는 상황일세. 게다가 무황성에 비할 바는 아니나 천마신교 또한 복천회의 등장으로 분위기가 심상치 않고. 게다가 본 루의 등장까지. 지금과 같은 난세는 단 한 번도 없었네."

갈천상이 신중한 얼굴로 말을 받았다.

"자네 말대로 좋은 기회이긴 하나 자칫 쓸데없는 분위기에 휩쓸리면 본 루의 숙원도 순식간에 물거품이 될 수도 있지. 신중히 접근해야 한다고 보네. 지금만 해도 전혀 엉뚱한 놈에게 예상치도 못한 피해를 당하지 않았나."

"가장 좋은 것은 역시 어부지리를 노리는 것이겠지."

조유유의 말에 공손후가 되물었다.

"세외사패, 아니, 산외산과 무황성의 충돌을 기회로 삼자는 것입니까?"

"그렇습니다. 세외사패의 배후가 정확히 산외산이냐는 것은 아직 밝혀지지 않았지만 틀림없다고 판단되는 상황입니다. 일전에 논의된 것처럼 군이 지금 움직여 전력을 깎아먹을 것이 아니라 제 놈들끼리 양패구상하는 것을 지켜보는 것도 나쁘지는 않다고 봅니다."

공손무가 고개를 저었다.

"그보다는 차라리 산외산과의 관계를 재정립할 필요가 있다고 보네."

"한 산에 두 마리의 호랑이는 존재하지 못하는 법입니다."

공손후가 의문을 표했다.

"두 마리가 아니라 세 마리니 문제일세. 게다가 한 마리의 호랑이 옆에는 호랑이 못지않은 맹수가 돕고 있고."

"수호령주를 말하는군. 어쩌면 호랑이 이상으로 무서운 맹수일 수 있겠지."

공손규가 쓰게 웃었다.

"예, 정말 예상치도 못한 맹수가 등장했습니다. 원래대로라면 세외사패와 무황성은 과거처럼 무림을 피로 씻는 처절한 싸움을 벌였을 것이나 지금은 아닙니다. 본 루의 정체가 세상에 드러난 이상 모든 상황은 변하게 될 터. 난세임은 틀림없지만 우리가 바라고 생각하는 난세는 결코 아닐 것입니다."

"본 루로 인해 저들이 싸우기를 주저할 수도 있다는 말로 들리네만."

"맞습니다. 두 마리의 호랑이가 싸우면 이긴 쪽도 큰 부상을 당하는 것은 뻔한 일이고 바로 곁에서 지켜보던 멀쩡한 호랑이에게 잡아먹히는 것은 예정된 수순이지요. 놈들이 바보가 아닌 이상 그런 어리석은 선택을 할 리가 없습니다."

"그럴 바엔 차라리 한쪽 손을 잡고 나머지 한 곳을 치자?"

"예, 그 이후에 정상에서 자웅을 겨루자고 하면 상대 쪽에서도 거부하지 않으리라 봅니다."

"음."

공손규가 이해했다는 듯 고개를 끄덕였다.

"한데 어째서 산외산입니까? 장막에 가려진 산외산보다

는 훗날을 생각했을 때 차라리 본 루의 손길이 많이 뻗쳐 있는 무황성이 낫지 않겠습니까?"

공손후의 물음에 공손무가 고개를 저었다.

"객관적으로 판단을 해보건데 셋 중 가장 뛰어난 전력을 지닌 곳이 무황성이기 때문일세. 전 무림의 지지를 받고 있는 무황성의 힘은 장기전으로 이어졌을 때 그 진가가 발휘되지. 과거, 가히 노도처럼 무림을 휩쓸던 세외사패가 장기전 끝에 패했다는 것을 상기할 필요가 있네. 거기에 수호령주라는 예상치 못한 변수까지 끼어들었고."

공손규가 한마디를 거들었다.

"애당초 의협진가를 공격한 순간부터 무황성과 한배를 타기엔 불가능해진 것이지. 아무튼 일단 힘센 놈을 치고 보자는 아우의 말에는 확실히 일리가 있는 것 같군."

"예, 그래도 일단은 두고 보도록 하지요. 세외사패의 배후에 산외산이 있는 것인지 제대로 확인을 한 뒤 움직여도 늦지는 않다고 봅니다. 저들은 저들 나름대로 자신들의 힘에 대한 확고한 자신이 있을 터. 본 루의 존재를 확인했다고 해도 처음부터 손을 잡으려고 하지는 않을 것입니다. 일단은 저들이 무황성과 수호령주의 힘을 제대로 겪어본 다음에 일을 추진토록 하지요."

"루주의 판단이 정확한 것 같군."

공손규가 지지를 표명하자 별다른 이견은 없었다.

"그전에 복천회는 정리할 필요가 있을 것 같습니다. 수호령주와 연관이 있는데다가 의협진가에서 큰 실패를 하게 된 결정적인 역할을 했으니까요."

이명의 말에 공손창이 반색을 하며 덧붙였다.

"동감이네. 천마신교의 힘이 강해지면 강해질수록 본 루에도 도움이 될 터이니 확실히 정리를 하는 것이 좋을 것 같소, 루주."

"이 또한 신중하게 접근해야 할 걸세. 천마신교가 본 루의 영향력 아래에 놓여 있다는 것이 밝혀지면 문제가 심각해지네. 자칫 무황성의 칼이 세외사패가 아니라 천마신교로 먼저 향할 수 있으니 복천회를 정리한다고 해도 철저하게 천마신교의 힘으로만 해야 하네."

공손무가 걱정스런 낯빛으로 반론을 제기하자 고개를 끄덕인 공손후가 환종을 불렀다.

"환종."

"예, 루주님."

"복천회를 공격하는 천마신교의 병력에 본 루와 관계된 아이들이 포함되어 있더냐?"

"선발대에는 없습니다만 주력군에 둘째 아가씨께서 계셔서……."

"둘째가 개입했다는 말이냐?"

"천마신교의 정예 병력이 대거 움직이는지라 자연스레 함께하신 것으로 압니다."

"그 아이 곁에 누가 있느냐?"

"청송 공자가 있습니다."

청송의 실력을 익히 알고 있는 공손후가 고개를 끄덕였다.

"음, 청송이라면 문제는 없겠군. 하나, 무슨 일이 있어도 절대로 나서지 말라고 전해라."

"알겠습니다."

환종이 명을 받는 것을 기다리고 있던 갈천상이 조심히 입을 열었다.

"한데 조금 걱정이 됩니다."

"뭐가 말입니까?"

"수호령주가 복천회의 일에 개입을 하지 않겠습니까? 만약 그렇게 되면 일이 복잡해질 수 있습니다."

"수호령주가 복천회를 돕기 위해 항주로 움직인다고 생각하십니까?"

"복천회주가 의협진가를 돕기 위해 중상을 당했습니다. 당연히……."

"하면 그것이야말로 돌이킬 수 없는 실수가 될 것입니다."

"예?"

"놈이 의협진가를 떠나는 순간, 의협진가는 더 이상 존재하지 않게 된다는 말입니다."

공손후의 의미심장한 말에 다들 의혹의 눈빛을 보냈다.

조금 전, 지금 당장은 복수를 할 수 없다는 그의 말과 배치가 되기 때문이었다.

"환살대(幻殺隊)의 일부가 인근에 있습니다. 수호령주를 쓰러뜨리는 것이야 당연히 불가능하겠지만 그가 떠난 의협진가를 지워 버리는 데에는 무리가 없겠지요. 과연 놈이 어떤 선택을 할지 궁금해지는군요."

환살대라는 말에 다들 경악을 금치 못했다.

루에서도 오직 루주만이 규모와 인원을 파악하고 있는 루외루 최고의 무기가 이미 움직이고 있을 줄은 꿈에도 몰랐던 것이다.

뭔가 짚이는 것이 있었던지 공손규가 놀란 표정을 지으며 물었다.

"삼선만 보낸 것이 아니었습니까?"

"막내가 바람도 쐬고 오랜만에 오라비도 보고 싶다고 떼를 쓰는 바람에 뒤늦게 딸려 보냈습니다."

공손후가 약간은 민망한 표정으로 대답했다.

"하면 무황성으로 압송 중이던 곡주는 이미 무사히 구출

되었겠군요."

공손후는 별다른 대답 없이 찻잔을 들었다.

그것만으로도 충분한 대답이 되었다.

갑자기 소집된 회의가 끝나고 루외루의 원로, 장로들이 모두 돌아간 새벽, 공손후와 잠시 남아달라는 그의 눈짓을 보고 자리를 지킨 공손규가 마주 앉았다.

"다들 돌아간 것 같으니 이제 이유를 말해주시게. 어째서 이 늙은이를 따로 보자고 한 것인가?"

"의논드릴 것이 있어서 그랬습니다, 숙부님."

"의논? 대체 어떤 것을?"

의논이란 말에 공손규의 음성이 절로 심각해졌다.

야심한 새벽, 루외루의 모든 수뇌를 배제한 채 공손후와 독대를 한다는 것은 결코 가볍지 않은 일이었다.

"후계자 문제에 대한 숙부님의 고견을 듣고 싶습니다."

"음."

공손규의 입에서 나직한 신음이 흘러나왔다.

의논을 하고자 한다는 말을 들었을 때부터 조금은 예상했으나 막상 듣고 보니 입을 열기가 쉽지 않았다.

"너무 부담 갖지는 마십시오. 그저 숙부님의 의견을 듣고 싶어서 부탁드린 것입니다."

공손규가 너무 부담스러워한다는 것을 느낀 공손후가 웃으며 말했다.

"그 아이는 안 된다고 판단한 것인가? 비록 잔실수가 많기는 하였으나 음부곡에선 나름 실력을 보여준 것 같은데."

공손규가 공손근을 언급했다.

"숙부님께서도 느끼셨겠지만 녀석이 수호령주에게 포로가 되면서 상황은 끝났습니다."

"그거야 어쩔 수 없는 일이지. 수호령주의 실력이 제대로 드러난 지금 그것을 책잡을 사람은 아무도 없을 것이네."

"그래도 대세는 이미 기울어졌습니다. 루의 그 누구도 녀석이 차기 후계자가 될 수 없다고 판단하고 있습니다."

"하지만 장자일세. 그 아이를 버릴 수 있겠나?"

공손규가 안타까운 얼굴로 물었다.

"설사 제가 고집을 피워 녀석을 후계자 자리에 앉힌다고 해도 모두에게 신망을 잃은 상황에서 제대로 세가를, 루를 이끌어 갈 수 있겠습니까?"

"……."

신망을 잃었다는 말에 공손규는 할 말을 찾지 못했다.

"게다가 녀석은 더 이상 무공을 사용할 수 없습니다."

"무공을 사용할 수 없다니? 서, 설마!"

"예, 막내가 전해온 바로는 한쪽 눈을 잃고, 팔이 잘리고 단전이 파괴되었다고 하는군요."

"수호… 령주의 짓인가?"

"예."

한참이나 침묵을 지키며 한숨을 내뱉던 공손규가 마음을 정한 듯 차분히 입을 열었다.

"근아의 몸 상태가 그런데다가 루주까지 이미 결심을 굳힌 듯하니 어쩔 수 없는 것 같군. 하면 단도직입적으로 묻겠네. 자넨 후계자로 누구를 생각하고 있는가?"

"제가 숙부님께 먼저 여쭈었습니다."

공손규가 고개를 저었다.

"단 한 번도 후계자를 바꿔야 한다고 생각한 적이 없던 내가 지금 당장 뭐라 할 수가 있겠나? 우선 루주의 생각부터 말해보게."

잠시 뜸을 들이던 공손후가 입을 열었다.

"현재 자의 반 타의 반으로 후계자 후보에 오른 아이들이 꽤 있다는 것은 숙부님께서도 아실 겁니다."

"어느 정도는. 그러고 보니 이번 싸움에서 유력한 후보로 떠오른 두 명의 아이를 잃었군. 후계구도를 떠나 본 루의 미래를 빛낼 수 있는 아이들이었건만."

공손규가 착잡한 표정으로 말했다.

"안타까운 일이었지요. 아무튼 그 아이들을 포함해서 대략 열 명 남짓한 아이가 후보로 거론되고 있습니다. 문제는 딱히 마음에 드는 아이는 없다는 겁니다."

"그건 나도 마찬가지일세. 다들 뛰어난 능력을 지녔다는 것은 인정하지만 그래도 뭔가가 부족해."

공손규가 동의한다는 듯 고개를 끄덕였다.

"많은 실수가 있었다고는 해도 장자가 밀려난 상황일세. 어지간한 능력으론 다른 이들에게 쉽게 인정을 받지 못할 것이야. 한데 아무리 찾아봐도 모두를 압도할 만한 실력을 지닌 녀석이 보이지 않는군."

"그래서 드리는 말씀입니다만……."

공손후가 음성을 살짝 낮추자 공손규가 기다렸다는 듯 상체를 숙였다.

"이제 심중에 있는 얘기를 하려는 모양이군. 어서 말을 해 보게."

"큰애는 어떻습니까?"

"큰애? 누구를……."

장자인 공손근을 언급하는 것은 아닐 터.

공손후가 말하는 큰애가 누구인지 금방 이해를 하지 못하던 공손규의 얼굴이 어느 순간, 경악으로 물들었다.

"자, 자네 혹시 유아를 말하는 것인가?"

"예."

"농담하는 것은 아닐 테고."

"아닙니다."

더없이 진지한 표정을 본 공손규가 목이 타는지 찻물을 벌컥벌컥 들이켰다.

"허! 이거야 원."

공손유를 후계자로 지목한 공손후의 말이 워낙 충격적이었기에 공손규는 시간이 제법 흐른 뒤에야 평정심을 회복했다.

"루주가 그 아이를 선택했다면 그만한 이유가 있을 터. 그것이 무엇인지 말을 해보시게."

"그 아이의 뛰어남은 이미 보시지 않았습니까? 제가 없는 동안 총령으로서 루외루를 훌륭하게 이끌었습니다."

"그거야 그렇지만 루외루가 본격적으로 세상에 모습을 드러냈을 때, 지금과 같은 평온한 시기가 아닌 난세에서도 그만한 능력을 발휘할 수 있느냐가 문제지."

공손규가 다소 회의적인 얼굴로 고개를 저었다.

"너무 앞서나가시는 것 같습니다. 유아가 아니라 누가 후계자가 되든 당장 난세의 주역이 될 수는 없습니다. 닥쳐올 난세는 제가 직접 루를 이끌고 평정을 할 것입니다만 설사 그렇지 못한다고 하더라도 그동안 제 옆에서 충분한 경험을 쌓는다면 큰 문제는 없으리라 봅니다."

"딴은 그렇군."

공손규가 고개를 끄덕였다. 공손후의 말이 틀리지 않았기에 쉽게 인정을 했다.

"유아가 루주의 뒤를 잇는다면 본가는 또 어찌 되는 것인가? 루외루야 그렇다 쳐도 공손가의 가주가 될 수는 없을 것이네. 세가의 누구도 인정을 하지 않을 것이야."

"그 멍청한 놈이 있지 않습니까?"

공손후의 미간이 살짝 찌푸려졌다.

"근을? 하지만 그 아이는 몸이……."

"유아가 루주가 된다면 큰 문제는 없으리라 봅니다. 어차피 실권도 없는 허수아비 가주가 될 터이니 병신이 된 몸이라고 해도 큰 반대도 없을 것이고요."

병신이란 단어에 공손규의 눈썹이 꿈틀거렸다.

"너무 미워하지 말게. 누가 뭐라 해도 자네 아들일세."

"미워하진 않습니다. 그래도 화가 나는 것은 어쩔 수 없군요."

공손후와 공손근의 반목을 바로 옆에서 지켜보았던 공손규가 씁쓸한 미소를 지은 후 말했다.

"반대가 만만치 않을 것일세. 후계자 자리를 꿈꿨던 이들은 물론이고 세가와 루의 수뇌들 또한 쉽게 납득하지 않을 것이야."

"숙부님만 지지해 주시면 됩니다."

공손후는 공손규가 세가와 루의 수뇌진에 얼마나 막강한 영향력을 지니고 있는지 너무도 잘 알기에 공손히 머리를 조아렸다.

"늙은이들이야 그렇다 쳐도 다른 사람들은 어찌하려는가? 나름 대망을 지닌 터라 쉽게 받아들이지는 않을 텐데. 자칫 잘못하면 쓸데없는 분란으로 이어질 수 있네."

"분란까지 가겠습니까?"

공손후의 착 가라앉은 음성에 섬뜩함을 느낀 공손규가 황급히 물었다.

"설마하니 힘으로 찍어 누를 생각인가?"

때로는 무서울 정도로 차갑고 냉정한 공손후의 성정을 감안했을 때 충분히 가능한 일이었다.

문제는 그런 분란을 지닌 채 무림을 평정할 수 있을 정도로 무황성이나 산외산이 만만치는 않다는 것이다.

"염려하시는 일은 없을 것이니 걱정하지 마십시오."

"그렇다면 다행이고. 한데 또 하나 우려되는 것이 있네."

"말씀하십시오."

"자네가 아무리 유아를 후계자로 점찍었다고 해도 명색이 루외루의 이끌어 갈 후계자라면 그만한 능력이 있어야 할 터. 총령으로서 어느 정도 지도력은 인정받을 수 있었겠지만 루주로서 무엇보다 중요한 것은…….”

“지위에 걸맞은 무공 실력이 필요하겠지요.”

“바로 그것이네. 애당초 근이 문제가 되었던 것이 다른 이들에 비해 무공이 약했기 때문이었네. 장자인 근에게도 그럴 정도인데 사내도 아닌 유아라면 더욱 심하게 반발할 것은 자명한 일이네.”

공손규는 심각한 표정으로 말을 했지만 공손후는 전혀 그렇지 않았다.

오히려 의미심장한 표정으로 물었다.

“숙부님은 유아의 실력이 어떻다고 보십니까?”

“실력? 계집아이치고는 뛰어나기는 해도 특출하다고는 할 수 없는 수준 아닌가?”

공손규가 고개를 갸웃거리며 대답했다.

“역시. 아무도 모르고 있습니다. 심지어 숙부님께서도 유아를 제대로 모르고 계십니다.”

“제대로 모르다니? 그게 무슨 말인가?”

“제게는 보이는데 숙부님께선 보지 못하시는 것을 보면 유아의 실력이 이미 숙부님을 뛰어넘은 것 같군요.”

“지, 지금 그게 무슨 말도 안 되는…….”

“어릴 적 희대의 천재라는 평가를 받은 아이입니다. 자라면서 천재성이 많이 사라졌지만 그건 스스로를 감췄기 때문에 그렇게 보였던 것이었지요. 오라비가 있고 사내가 아닌 계집이라는 태생적 한계로 인한 절망이라고나 할까요. 다행히 무사히 극복한 것으로 보입니다만."

"그, 그 아이가 정녕 무공을 감췄단 말인가? 그리고 그걸 간파한 사람이 루주뿐이고?"

공손규는 믿어지지 않는다는 얼굴로 공손후를 응시했다.

"틀림없습니다. 하마터면 저도 눈치채지 못할 뻔할 정도로 완벽하더군요."

"허허! 기가 막히는군."

공손규가 고개를 설레설레 내저었다.

쩍 벌어진 입은 다물어질 줄을 몰랐다.

"모두에게 공정한 기회를 줄 생각입니다. 독단적으로 후계자를 정할 생각은 없습니다. 저와 숙부님이 유아를 지지하는 것과는 별개로 냉정한 평가를 통해 모두가 인정할 수 있는 후계자를 뽑도록 할 생각입니다. 그리고 알게 될 것입니다. 자신들이 얼마나 허망한 꿈을 꾸고 있었는지를 말입니다."

할 말을 마치고 천천히 찻잔을 드는 공손후의 날카로운 눈빛을 보며 공손규는 공손유의 부드러우면서도 총기 넘치는 눈동자를 떠올렸다.

닮지 않은 듯 어딘가 닮아 보이는 부녀였다.

*　　*　　*

"…해서 이미 의협진가를 떠났다고 합니다. 섬전, 뇌력 두 대주가 간곡히 만류를 해보았지만 소용없었던 모양입니다."

제갈명이 기운 빠진 목소리로 보고를 마치자 사공백의 입가에도 씁쓸한 기운이 감돌았다.

"어쩔 수 없지. 본인이 그렇게 한다는데 우리가 뭐라 할 수는 없는 노릇이지. 괜히 감정만 상하게 한 것은 아닌지 모르겠군."

"최대한 빨리 일을 마무리하고 돌아오겠다는 말을 성주님께 전하라 하였다니 그런 상황은 아니었던 것 같습니다. 애당초 수호령주에게 강압적인 분위기를 만들 수도 없었을 테니까요."

제갈명이 쓰게 웃으며 말을 이었다.

"그나마 다행이라면 의협진가의 식솔들이 무황성으로 오기로 했다는 것입니다."

"잘되었지. 수호령주도 없는 상황에서 재차 공격을 받으면 말 그대로 멸문지화를 당할 수도 있음이니."

"세외사패와의 싸움을 앞둔 상황에서 전력의 누수 또한

막을 수 있게 되었습니다. 더불어 수호령주라는 칼을 확실하게 휘두를 수도 있게 되었고요."

감성적으로 접근하는 사공백과는 달리 제갈명은 의협진가의 무황성 입성을 상당히 계산적으로 판단하고 있었다.

"확실히 휘두를 수 있으리라 장담하지 말게. 내 보기엔 어림도 없는 소리니."

진유검의 성정을 익히 알고 있던 무황이 손을 휘휘 내저었다.

"아무튼 천마신교가 말썽이군. 하필이면 이런 중요한 순간에 그런 무리수를 두다니 말이야."

"죄송합니다. 제가 판단을 잘못하여……."

제갈명이 낯빛을 흐리자 사공백이 얼른 말을 잘랐다.

"자책은 그만하라 했네. 군사의 실수가 아니라 욕심에 눈이 뒤집힌 천마신교 놈들이 멍청한 놈들이지. 이참에 그 대가를 톡톡히 치르겠군."

"복천회주의 부상도 심각하고 삼안마도와 섬전검이 목숨을 잃은 상황인지라 전력의 차이가 너무 극명하게 벌어졌습니다. 복천회가 위기를 벗어나기란 쉽지 않을 것 같은데 그가 홀로 감당할 수 있을지 모르겠습니다."

"상식적으로야 당연히 불가능한 일이겠으나 그 친구라면 왠지 가능하리라 보네."

말한 대로 사공백의 얼굴에선 전혀 걱정하는 빛이 없었다.

"막아내도 걱정입니다."

"걱정이라니?"

"그가 무황성의 수호령주라는 것은 천하가 다 아는 사실입니다. 한데 무황성의 수호령주가 천마신교와 부딪쳤으니 세외사패와의 싸움을 앞둔 상황임에도 불구하고 천마신교와 무황성의 관계가 악화될 가능성이 다분합니다. 뿐만 아니라 천마신교와 부딪친 이유가 복천회를 돕기 위함이라는 것이 알려지면 무황성 내에서는 물론이고 외부에서도 말이 많을 것입니다."

"천마신교 놈들이야 애당초 논외였으니 할 수 없는 것이고 후자의 문제는 피할 수가 없겠군. 가급적이면 논란이 확대되지 않도록 자네가 신경을 써야 할 것이네. 수호령주와 복천회주의 관계와 의협진가에서 일어났던 일을 잘 엮으면 큰 문제는 없을 것 같은데."

"준비하도록 하겠습니다."

"아, 그리고 간자에 대한 조사는 어찌 되었나?"

사공백의 음성에 은은한 분노가 깃들어 있었다.

"아직 별다른 성과는 없습니다. 은밀히 진행을 하다 보니 시간이 제법 걸릴 것 같습니다."

"시간이 걸리더라도 반드시 밝혀야 하네. 그렇지 않으면 수호령주가 돌아왔을 때 면이 서질 않아. 루외루의 정체를 밝힐 중요한 포로를 그토록 허무하게 잃었다고 어찌 말을 할 수 있겠나."

"최선을 다하겠습니다."

제갈명이 무거운 표정으로 머리를 조아렸다.

36장

조우(遭遇)

"지, 지금 뭐라 했느냐? 누가 어찌 돼?"

부재중인 독고무를 대신하여 복천회를 이끌고 있던, 천마신교의 공격을 대비해 밤낮을 가리지 않고 대책회의를 주관하고 있던 혈륜전마가 자리를 박차고 일어났다.

어찌나 놀랐는지 움푹 패인 눈을 가리고 있던 안대 끈이 끊어져 흘러내렸음에도 전혀 의식하지 못했다.

"소존을 호종하시던 두 분 장로께서 의협진가를 공격하던 적들을 막으시다가 그만……."

막심초는 차마 말을 잇지 못했다.

"마옥과 이혼이 당했단 말이냐? 천하의 섬전검과 삼안마도가!"

머리를 감싸 쥔 고독귀는 하늘이 무너지는 듯한 충격에 넋을 잃은 듯했다.

"있을 수 없는 일이다. 전설로만 떠들던 루외루라는 세력이 갑자기 튀어나온 것도 믿기 힘든 일이건만 그들이 섬전검과 삼안마도를 쓰러뜨렸다고? 이놈아! 그걸 우리보고 믿으라는 게냐? 대체 수하들을 어찌 관리하기에 이런 말도 안 되는 정보가 올라온단 말이냐!"

섬전검과 삼안마도의 죽음을 도저히 믿을 수 없었던 귀두파파는 흉신악살처럼 변해 버린 얼굴로 막심초를 잡아먹을 듯 노려보았다.

"저도 믿을 수가 없어서 몇 번이나 확인을 했습니다. 하지만 암호를 해독한 바, 전서는 틀림없이 무창 지부장 동종유가 보낸 것이었습니다."

"피해가 어느 정도 된다더냐?"

유일하게 냉정함을 유지하고 있는 사도은이 물었다.

"전멸에 가까운 것 같습니다. 소존과 함께 움직인 병력은 물론이고 무창 지부에 있는 병력의 대부분이 목숨을 잃었다고 합니다."

전멸이라는 말에 기겁한 고독귀와 귀두파파가 뭐라 소리

치려는 것을 제지한 사도은이 재차 물었다.

"소존은? 소존께선 무사하신 것이냐?"

다들 긴장된 얼굴로 막심초의 대답을 기다렸다.

독고무에게 무슨 일이 있다면 섬전검과 삼안마도의 소식보다 우선적으로 전했을 터.

큰일은 없으리라 여기면서도 의협진가의 상황이 너무 좋지 않았기에 긴장을 늦추지 못했다.

"의협진가를 지키시느라 부상을 당하셨다고 합니다. 다행히 진 공자께서 도착을 하셔서 최악의 상황은 면하셨다고 적혀 있지만 느낌상……."

막심초가 혈륜전마와 사도은의 눈치를 살폈다.

"심각한 부상을 당하셨다고 판단하느냐?"

사도은이 물었다.

"그런 내용은 없지만 예, 그렇게 생각됩니다."

"하긴, 그 두 사람이 목숨을 잃을 정도라면 의협진가가 얼마나 큰 위험에 빠졌는지 미루어 짐작이 간다. 소존께서도 그만큼 위험하셨겠지. 다른 곳도 아니고 의협진가의 존망이 걸린 싸움이었으니 물불을 안 가리셨을 게야."

독고무와 진유검의 관계를 익히 알고 있던 혈륜전마가 한숨을 내쉬며 말했다.

"하니 이제 어쩌면 좋습니까? 놈들의 위협이 코앞에 닥

쳤는데 소존께서 큰 부상을 당하시고 섬전검과 삼안마도까지 목숨을 잃었으니."

고독귀가 사도은에게 물었다.

사도은이 뭐라 대답을 하려는 찰나 막심초가 먼저 입을 열었다.

"소존께선 이미 이곳을 향해 출발하셨습니다."

"뭐라! 이곳으로? 그것이 사실이냐?"

사도은이 깜짝 놀라 되물었다.

"그렇습니다. 무창 지부장이 모시는 것으로 압니다."

"어허, 부상당하신 몸으로 어찌."

혈륜전마의 탄식에 회의실의 지붕이 들썩였다.

"한데 진 공자께서도 함께라고 하였습니다."

순간, 혈륜전마와 사도은의 눈빛이 확 달라졌다.

"진 공자가? 확실한 것이냐?"

"예, 분명합니다."

"그나마 다행이군."

"그러게. 다른 사람도 아니고 진 공자라면."

혈륜전마와 사도은이 마주보며 고개를 끄덕였다.

"하지만 아무리 진 공자라 해도 상대는 천마신교입니다. 섬전검과 삼안마도도 없고 소존께서도 부상을 당하신 상태인데 상대가 되겠습니까?"

고독귀가 다소 회의적인 얼굴로 물었다.
“버겁겠지. 그래도 진 공자 같은 실력자가 전력을 다해 우리를 돕는다면 이번 위기를 무사히 넘길 가능성이 훨씬 높아질 것이네.”
차분히 대답한 사도은이 좌중을 돌아보며 말했다.
“이제 확실히 결정을 내려야 할 때라 보네. 부상당하신 소존께서 이곳으로 오고 계신다는 것을 확인한 이상 더 이상 머뭇거릴 시간이 없어.”
“역시 감행할 생각인가?”
혈륜전마가 무거워진 얼굴로 물었다.
“해야 하지 않겠나? 적이 항주 인근에 도착한 놈들뿐이라면 충분히 상대를 할 만하겠지만 본진의 병력까지 도착한다면 도저히 감당할 수가 없네. 섬전검과 삼안마도를 잃은 지금은 더욱 그렇고.”
“소존께선 허락을 하지 않으실 걸세.”
“어떻게든지 설득을 해야지. 주력이 도착하기 전에 항주를 빠져나가지 못하면 모든 것을 잃을 수 있는 상황이야. 다행히 진 공자께서 함께하신다니 계획이 성공할 가능성은 더욱 높아졌네.”
사도은이 탁자 위에 펼쳐진 지도를 가리켰다.
“소존께서 이쪽으로 오고 계시느냐?”

사도은이 짚은 곳은 천문산이었다.

막심초가 얼른 대답했다.

"확실하다 말씀드릴 수는 없으나 배를 타고 이동하신다고 하셨으니 천문산을 넘으실 가능성이 높습니다. 항주까지 올 수 있는 가장 빠른 길이니까요."

"문제는 적들이 이곳에 진을 치고 있다는 것이지. 마치 우리의 계획을 알기라도 하듯 말이야."

혈륜전마가 항주에서 천목산으로 이어지는 길목에 위치한 임안(臨安)을 가리키며 말을 덧붙였다.

"서호 쪽에도 일부가 진을 치고 있는 것을 확인되었고."

"퇴로를 차단하기 위함이네. 명색이 선발대라는 놈들이 별다른 도발도 없이 그곳에 진을 칠 때부터 눈치채고 있었네."

"참으로 건방진 놈들입니다. 주력이 도착하기 전 선공을 하여 쓸어버리는 것이 어떻겠습니까?"

고독귀가 살기 어린 눈빛을 번들거렸지만 혈륜전마는 고개를 저었다.

"쉽지는 않을 걸세. 병력의 수가 백오십에 불과하지만 천마신교에서도 최정예라는 천마대네. 자네도 알다시피 천마대라면 실력도 실력이지만 기동력도 최고 아닌가? 설사 우리가 선공을 한다고 해도 저들은 정면대결을 펼치려 하지 않을 것이네. 아마 주력이 도착할 때까지 치고 빠지면서 시간을 끌려고 하겠지. 문제는 그만한 실력이 된다는 것이야."

"어떻게든 뚫어내야지. 놈들을 물리치지 않고는 답이 없으니까."

차갑게 눈빛을 빛낸 사도은이 막심초에게 명했다.

"지금 당장 전서구를 준비해라. 소존께 띄울 것이다."

"알겠습니다."

막심초가 황급히 자리를 뜨자 지금껏 단 한마디도 하지 않고 있던 악휘가 조심스레 입을 열었다.

"소존께 자네의 계획을 전하려는 것인가?"

"그렇네."

"허락지 않으실 게야."

"소존께는 죄송한 말이나 사실상 허락을 구할 시기는 이미 지났네."

"상황은 이해가 가고 노부 역시 자네의 판단을 지지하지만 정말 옳은 결정인지는 모르겠군."

"뭐가 말인가?"

"이미 한 번 쫓김을 당하신 소존일세. 한데 또다시 쫓기는 상황이라면 그분의 성정상 결코 용납하지 않으실 터."

"와신상담(臥薪嘗膽)이라는 말이 괜히 생긴 것이 아니네."

사도은의 음성은 단호했다.

"하지만 소존께선……."

"소존께서 하시는 것이 아닐세. 노부가 계획했고 결정한 일이야. 모든 책임은 내가 지도록 하지. 대업을 위해선 그까짓 자존심은 열 번이고 백 번이고 버릴 수 있네."

사도은의 흔들림 없는 눈동자를 확인한 악휘가 고개를 끄덕였다.

"함께 계획한 일이네. 자네 혼자 책임을 진다는 것은 말이 안 되지. 우리 모두의 책임이야."

그 말을 끝으로 악휘는 더 이상 반대 의견을 내놓지 않았다.

"자, 그럼 이제는 먼저 도착한 놈들을 어찌 공격할 것인지 계획을 말해보게. 설마하니 마도제일뇌라는 자네가 그런 계획도 없이 우리를 설득하려 했던 것은 아닐 테니 말일세."

혈륜전마의 말에 다들 기대에 찬 눈빛으로 사도은을 바라보았다.

"핵심은 하나네. 그쪽에서 치고 빠지기 전, 우리가 먼저 치고 빠진다는 것."

이해하기 힘든 말을 내뱉는 사도은의 머리는 그 순간, 맹렬하게 회전하고 있었다.

*　　*　　*

"이곳을 다시 보게 될 줄은 몰랐군."

진유검이 서서히 모습을 드러내는 웅장한 협곡을 보며 중얼거렸다.

"이럴 줄 알았으면 삼협(三峽)을 한 번 보고 오는 건데 그랬다. 그랬다면 소문대로 정말 비슷한지 제대로 비교를 할 수 있을 텐데 말이다. 안 그러냐?"

진유검이 고개를 돌리며 물었지만 돌아오는 대답은 냉랭했다.

"알게 뭡니까? 협곡이란 것들이 다 거기서 거기지."

전풍이 짜증이 가득 담긴 목소리로 대답했다.

고개조차 돌리지 않고 정면을 응시하는 얼굴에선 냉기가 풀풀 풍겼다.

'이놈이!'

순간적으로 뭔가가 치밀어 올랐지만 애써 참았다.

"그만하면 됐잖아. 아직도 화가 안 풀린 거냐?"

"누가 화가 났다고 합니까? 화 안 났습니다."

그제야 고개를 돌린 전풍이 눈을 크게 치켜뜨며 말했다.

말은 그리해도 목소리에 실린 분위기는 그게 아니었다.

“미안하다니까. 일부러 빼놓은 것이 아니라 네 몸을 걱정해서 그런 것이라고 얘기했잖아.”

“아, 예. 누가 들으면 아주 살뜰히 챙긴 것으로 알겠습니다그려. 언제부터 그렇게 챙겼다고 그런답니까?”

단단히 삐친 것이 있는지 전풍은 좀처럼 화를 누그러뜨리지 않았다.

그런 전풍을 보며 진유검은 입을 다물고 말았다.

지금은 무슨 말을 하더라도 전풍을 달랠 수 없다는 것을 다시금 깨달은 것이다.

전혀 예상치 못한 곳, 예상치 못한 시간에 만난 이후, 한나절이 넘게 툴툴거리는 것이 영 마음에 들지는 않았지만 부상당한 몸으로 자신을 쫓아온 것이 미안했기에 화를 낼 수도 없었다.

항주의 복천회가 위험에 빠졌다는 것을 전해 들은 진유검은 그 길로 독고무 일행과 합류하여 항주로 출발했다.

포구에서 배를 타고 항주로 이동하던 진유검은 안경(安慶)지역에 이르러 홀로 하선했는데 장강을 이용하여 동진하다 천목산을 넘는 것이 항주로 가는 가장 빠른 길임은 틀림없었지만 문제는 천마신교의 행보가 생각보다 빨랐다는 것이다.

선발대는 이미 항주 인근에 도착해 있었고 주력도 사흘 정도면 항주에 도착할 터였다.

하지만 독고무 일행은 도저히 그 시간을 맞출 수가 없었다.

특히 여전히 부상이 심각한 독고무는 그런 강행군이 애당초 불가능한 상태였다.

냉정히 상황을 지켜보던 진유검은 과거 항주에서 의협진가로 오던 길을 역으로 거슬러 밑에서 올라오고 있는 천마신교의 주력을 막는다는 계획을 세웠다.

곧바로 항주로 달려가서 우선적으로 선발대를 지워 버릴까 하는 생각도 잠시 했었지만 포기했다.

자신은 어디까지나 조력자일 뿐 복천회의 위기를 구해내는 주역은 누가 뭐라 해도 독고무여야 했기 때문이었다.

진유검의 계획을 들은 독고무는 펄쩍 뛰며 반대를 했지만 진유검의 생각을 꺾을 수는 없었다.

결국 정면으로 부딪치지 않고 오직 적의 발걸음을 늦추는 데 전력을 다하겠다는 다짐을 받고나서야 허락했다.

안경지역에서 독고무 일행과 헤어진 진유검은 엄청난 속도로 제운산과 황산을 넘어 부춘강의 상류라 할 수 있는 건덕(建德)에 이르렀다.

바로 그곳에서 천마신교 주력의 위치를 확인하곤 잠시 숨을 돌릴 때 자신을 뒤따라오느라 거지꼴이 된 전풍을 만나게 되었다.

부상의 여파로 깊은 잠에 빠져 있던 전풍이 진유검과 독고무가 항주로 떠났다는 것을 확인한 것은 다음 날 정오가 가까워졌을 무렵이었다.

진유검과 독고무가 지난밤에 자신만 빼놓고 항주로 향했다는 알게 된 전풍은 분기탱천하여 즉시 일행을 뒤쫓았다.

부상을 걱정한 진산우가 몇 번을 만류했지만 요지부동이었다.

일행이 배를 이용하여 항주로 움직이고 있다는 것을 확인한 전풍은 산과 들을 미친 듯이 달려 만 하루가 되지 않아 일행이 탄 배를 따라잡을 수 있었다.

하지만 그때는 진유검이 이미 하선한 뒤였다.

전풍은 미안해하는 독고무를 쥐 잡듯 잡은 뒤, 이를 부득부득 갈며 진유검의 흔적을 추적했고 마침내 건덕에서 그를 만나게 된 것이다.

'그땐 꼭 미친개 같았지.'

진유검은 보자마자 온갖 투정과 욕설을 내뱉고 땅바닥에 주저앉아 한참 동안이나 신세 한탄을 하던 전풍의 모습을 떠올리며 입맛을 다셨다.

"몸은 어때? 괜찮은 거냐?"

"남이사 괜찮든 말든 뭔 상관이랍니까?"

전풍의 음성엔 날카로운 가시가 돋아나 있었다.

"반 시진 정도만 가면 부춘산이다."

진유검이 착 가라앉은 음성으로 말했다.

부춘산이란 말에 전풍의 눈빛이 확 바뀌었다.

부춘산에서 북진하고 있는 천마신교의 주력과 만나게 된다는 것을 알고 있기 때문이었다.

"걱정 마쇼. 이제는 멀쩡하니까."

전풍이 팔을 휘휘 저으며 대답했다.

'당연하지. 멀쩡하지 않을 리가 없잖아!'

의협진가에서는 추궁과혈과 침술로 최선을 다해 치료를 도왔다.

거기다 건덕에서 만나 배에 오른 이후엔 부상당한 몸으로 자신을 찾아온 것에 감격(?)하여 몸에 지니고 있던 영단을 아낌없이 복용시키지 않았던가.

루외루의 공격으로 인한 내상은 이미 깔끔하게 회복한

상태, 금창약을 발라둔 외상은 어차피 시간이 해결해 줄 터였고 애당초 큰 문제도 아니었다.

'그나저나 괜찮으려나 모르겠네.'

진유검의 시선이 북쪽 하늘로 향했다.

뭉게구름 위로 전풍과는 비교할 수도 없을 만큼 심각한 부상을 당한 채 고군분투하고 있을 독고무의 환한 얼굴이 떠올랐다.

* * *

"왜 멈추는 것이지요?"

꽤나 빠른 걸음으로 이동하던 병력이 갑작스레 속도를 줄이자 맨 후미에서 병력과 다소 떨어진 채 따라오던 여인이 면사를 살짝 들어 올리며 물었다.

사실상 천마신교를 손아귀에 넣고 주무르고 있는 루외루의 금령, 공손은은 현재 천마신교의 정보조직 흑무각의 중간 간부로서 이번 싸움에 참여했다.

"곧 부춘산입니다. 산세가 아주 험한 것은 아니나 강행군에 지친 이가 많습니다. 잠시 쉬어가는 것도 나쁜 판단은 아니라 생각했습니다."

공손은보다 한 걸음 앞서 걷고 있던 중년인이 공손히 말했다.

부군사 조구(趙具)의 말에 추융의 오른팔이자 흑무각의 이인자라 할 수 있는 관착(關齪)이 의문을 표했다.

"차라리 부춘산을 넘어서 휴식을 취하는 것이 보다 나은 선택이 아니었을까요? 어차피 산을 넘으면 공격을 위해서라도 또 휴식을 취할 텐데요."

"피로한 몸으로 산을 넘는다면 휴식을 취해도 피로감이 몸에 남아 있을 터. 아무래도 한 번의 휴식을 더 취하면 그런 피로감은 조금 더 줄일 수 있겠지. 그런 의도였네."

수하들을 이끌고 싸움을 관장하는 것은 고루마종과 수라노괴였지만 세세한 일정이나 작전 계획에 있어선 부군사의 의견이 상당히 반영되었다.

지금의 휴식도 조구의 의견을 그들이 받아들인 결과였다.

"부춘산을 넘으면 항주까지의 거리가 반나절 정도라고 했던가요?"

공손은이 구불구불 이어지는 부춘산 능선을 응시하며 물었다.

"예, 그렇습니다."

"의협진가에서 본 루의 일에 결정적인 방해를 했지요. 확실하게 빚을 갚아주어야 할 것입니다."

"알고 있습니다. 굳이 제가 나서지 않아도 앞서간 혈천마부나 고루마종의 성정을 감안했을 때 복천회와 연관이 되었다면 쥐새끼 한 마리 남지 않을 것입니다."

"그들이라면 확실히 그러고도 남겠군요."

고개를 끄덕이던 공손은이 늘 그렇듯 그녀의 곁에서 조용히 시립하고 있는 청송을 향해 물었다.

"그런데 복천회주의 움직임은 파악되었다고 하던가요?"

"비상에서 전해 온 소식에 의하면 의협진가를 떠난 복천회주는 배를 타고 이동 중이라 했습니다. 시기상 지금쯤이면 뭍에 올라 이동 중이겠군요. 다만 함께 움직이다 따로 움직이기 시작한 수호령주의 행적은 여전히 찾을 수가 없다고 합니다."

공손은이 고운 이마를 찌푸렸다.

"아직도인가요?"

"예, 같이 배에 오른 것까지는 확인이 되었는데 이후의 종적이 묘연합니다."

공손은의 시선이 관착에게 향했다.

혹여 천마신교의 정보망에 걸린 것이 있느냐는 의미였다.

"아직 의미를 둘 만한 보고는 없었습니다."

"부군사께선 어찌 예상하시나요?"

잠시 생각을 정리한 조구가 공손히 대답했다.

"정보에 의하면 복천회주는 현재 심각한 부상을 입은 상태입니다. 생각보다 느린 이동이 그것을 반증하는 것이기도 합니다. 제 생각엔 일행과 떨어져 앞서 항주로 향하고 있는 것 같습니다. 어쩌면 지금쯤 복천회에 도착했을지도 모르는 일이고요."

"같은 생각입니다."

관착이 동조를 표했다.

"선발대에서 그에 대한 다른 말은 없던가요?"

"아직까지는 없습니다."

"느낌이 좋지 않아요. 혹여 놓치는 것이 없는지 제대로 확인을 해야 할……."

공손은이 명을 내리다 말끝을 흐렸다.

앞쪽에서 갑자기 소란이 일었기 때문이었다.

언뜻 비명 소리도 들린 것 같았다.

"적인가요?"

"적이라고 하기엔 분위기가 미묘합니다."

청송이 고개를 저었다.

"우리도 가보도록 하죠."

"모시겠습니다."

조구가 앞서 걸으며 말했다.

관착과 공손은, 청송 등이 그 뒤를 따랐다.

말은 모신다고 했으나 뒤를 따르는 수하들은 누가 누구를 호종하는 것인지 정확하게 알고 있었다.

외부에선 보면 당연히 일행이 조구의 명에 따라 움직이는 모습이었지만.

"네놈들은 누구냐?"

동료들이 휴식을 취하는 동안에 혹여 있을지 모르는 적의 공격에 대비하고 있던 혈마대원이 느긋한 걸음걸이로 접근하는 진유검과 전풍을 보며 살기를 드러냈다.

그렇잖아도 심통이 잔뜩 나 있던 전풍이 사내의 살기를 접하자마자 몸을 움직였다.

퍽!

둔탁한 소리와 함께 전풍의 주먹을 가슴에 맞은 사내는 비명도 지르지 못하고 날아가 고꾸라졌다.

가까이에서 휴식을 취하고 있던 혈마대원들이 동료가 쓰러진 것을 확인하곤 순식간에 몰려들었다.

"네놈들은 누구냐? 복천회에서 왔느냐?"

쓰러진 수하가 목숨을 잃은 것이 아니라 다행히 기절한

것을 확인한 혈마대 부대주 문청루(文請淚)가 당장에라도 뛰쳐나갈 듯한 수하들을 제지하며 물었다.

"비슷하기는 하지만 복천회는 아니다."

"복천회가 아니라면 무슨 이유로 우리의 앞길을 막은 것이냐?"

"결정권자를 만나고 싶다."

진유검의 말에 문청루의 인상이 일그러졌다.

상대가 말하는 결정권자란 곧 수라노괴와 고루마종을 말하는 것.

정체도 모르는 자를 두 사람에게 안내했다간 목숨을 보존키 어려웠다.

"마지막으로 묻겠다. 네놈들은 누구냐? 어째서 그분들을 만나뵈려 하는 것이냐?"

문청루의 목소리가 스산해졌다.

이를 간파한 혈마대원들의 전신에서 살기가 뿜어져 나오기 시작했다.

"거참, 말귀를 못 알아먹네. 우리 주군은 당신 같은 자와는 급이 맞지 않아. 그러니 결정권자 오라고."

전풍이 가소롭다는 표정을 지으며 마치 파리를 쫓아내듯 손을 휘휘 저었다.

그것을 본 문청루의 얼굴이 딱딱해졌다.

지금껏 그 같은 모욕을 받아본 적은 단 한 번도 없었다.

그것도 이제 갓 스물 남짓한 애송이 따위에게.

“사지를 찢어서 데려오되 죽이진 마라. 놈의 목숨은 내가 거둔다.”

문청루의 말이 끝나는 것과 동시에 혈마대원들의 공격이 시작됐다.

포위망을 구축한 것이 아니라 정면에서 달려드는 것이기에 숫자는 한정적이었으나 천마신교 내에서도 최고로 치는 천마대와 어깨를 나란히 하는 혈마대원들이기에 위압감은 상당했다.

자신의 도발이 제대로 먹힌 것에 기꺼워하며 회심의 미소를 지은 전풍이 본격적으로 움직이기 직전 진유검이 가볍게 손을 휘저었다.

그의 손에서 발출된 무흔지가 달려들던 혈마대원들의 요혈에 적중했다.

퍽! 퍽! 퍽! 퍽!

둔탁한 소음과 함께 진유검을 공격하기 위해 검을 빼 들었던 자들이 힘없이 무너져 내렸다.

“마, 말도 안 돼!”

문청루는 공격을 하다가 난데없이 픽픽 쓰러지는 수하들을 보며 입을 쩍 벌렸다.

어떤 무공에 쓰러진 것인지 제대로 확인은 할 수 없었지만 진유검이 손을 쓴 것은 확실했다.

눈 깜짝할 사이에 혈마대원 넷을 무력화시켰다는 것은 상대가 엄청난 실력을 지닌 고수라는 것을 의미했다.

당황한 문청루는 공격을 해야 하는 것인지 아니면 잠시 물러나야 하는 것인지 순간적으로 판단을 내리지 못하고 망설였다.

그사이에도 이미 세 명의 수하가 땅에 쓰러졌다.

"멈춰랏!"

문청루가 혼란에서 헤매고 있을 때 뒤쪽에서 싸움을 지켜보던 혈마대주 천목심이 수하들을 제지했다.

"대주님."

뒤를 돌아본 문청루가 낭패한 얼굴로 고개를 떨궜다.

"어떤 놈들이냐?"

천목심이 진유검의 여유로운 얼굴에 시선을 고정시키고 물었다.

"확인하지 못했습니다."

"확인하지도 않고 공격을 했단 말이냐?"

천목심이 역정이 가득한 음성으로 재차 물었다.

"제가 제 놈들과 말을 나눌 급이 맞지 않는다고 다짜고짜 어르신들을 모셔오라고 하는 통에……."

"음."

천목심의 입에서 짧은 신음이 흘러나왔다.

그 역시 자신이 문청루의 입장에 있다고 하더라도 즉시 공격을 명했을 것이라 생각했다.

다만 다른 것이 있다면 문청루는 상대의 역량을 제대로 알아볼 수 있는 눈이 없었지만 자신은 그렇지 않다는 것이다.

천목심은 진유검의 전신에서 느껴지는 은은한 기운에 상당한 압박감을 느끼고 있었고 방금 그가 사용한 무흔지도 어느 정도는 눈치채고 있었다.

"혈마대주 천목심이다. 어르신들을 뵙자고 했나?"

천목심이 진유검의 모습을 신중히 살피며 물었다.

주변에 있던 혈마대원들은 그런 천목심을 보며 의아함을 감추지 못했다.

누구보다 성격이 급하고 폭력적인 성향이 강한 천목심이 눈앞에서 부하가 당했음을 확인하고도 아직 검을 뽑지 않았다는 것 자체가 놀라운 일이었다.

"혈마대주고 지랄대주고 다 필요 없고 우두머리를 데리고 오라니까."

진유검이 말릴 사이도 없이 전풍이 호통을 쳤다.

곁눈으로 전풍을 살피는 진유검의 눈꼬리가 살짝 치켜

올라갔다.

싸움을 앞둔 적을 상대로 기세를 올리는 것도 좋지만 대화 자체를 불가능하게 만드는 이런 방식은 아니었다.

더구나 그 상대가 밑에 졸개들도 아니고 어느 정도 위치에 있는 자라면 더욱 그랬다.

나름 신중하게 접근하던 천목심의 눈에서 살광이 번뜩이는 것이 그것을 증명케 했다.

"애당초 대화가 필요 없는 놈들이었군."

천목심에게서 조금 전, 문청루가 보여주었던 반응이 그대로 되풀이되었다.

짧은 한숨을 내뱉은 진유검이 담담히 입을 열었다.

"모르는 거요? 아니면 모르는 척하는 거요? 이쯤 되면 모습을 드러낼 만도 하건만."

옆 사람에게 하는 듯 조용히 던진 말이었으나 수백 명의 천마신교 무인 중 그의 말을 듣지 못한 사람은 단 한 명도 없었다.

"대단한 고… 수입니다."

앞에서 일어난 소란의 이유를 알아보고자 이동을 하던 청송이 문득 걸음을 멈추며 말했다.

"설마, 그 정도인가요?"

공손은이 놀란 얼굴로 물었다.

천마신교의 교주를 눈 아래에 둘 정도로 엄청난 능력을 보유한 청송의 긴장 어린 표정은 그녀에게 너무도 생소한 것이었다.

"예, 길을 막은 것을 보니 복천회의 인물 같은데 그 실력이 초진악에 못지않은 것 같습니다."

청송이 천마신교 교주의 이름을 지나가는 강아지 부르듯 불러댔지만 아무도 뭐라 하는 사람이 없었다.

그의 음성이 오직 공손은과 그녀를 호종하는 최측근만 들을 수 있도록 완벽하게 차단되어 있기 때문이었다.

"그 정도 실력이라면 어쩌면 복천회의 사람이 아닐 수도 있겠군요."

공손은의 말에 뭔가를 떠올린 청송이 이전보다 더욱 심각한 얼굴로 고개를 끄덕였다.

"같은 생각입니다."

청송과 공손은이 말을 주고받는 사이 진유검의 일갈에 반응한 고루마종과 수라마괴가 여러 장로, 호법 등을 대동하고 전면으로 나섰다.

"참으로 대단한 배짱을 지닌 놈이로구나. 아니면 미쳤거나. 그래, 네 녀석이 원하는 대로 나섰다. 이제 네놈이 누군지 밝혀 보거라."

고루마종이 아량을 베푼다는 듯한 태도로 흥분한 수하들

을 진정시키며 말했다.

하지만 노회한 그의 눈동자는 진유검의 모습을 차분하게 훑는 중이었다.

'대단한 놈이로고.'

고루마종은 천목심이 파악한 것보다 훨씬 더 정확하게 진유검의 능력을 간파했는데 곁에 있는 수라노괴 역시 놀란 눈을 감추지 못했다.

"진유검이라고 합니다."

진유검이 허리를 숙이며 예를 차렸다.

"진유검?"

이름을 되뇌이는 고루마종이 고개를 갸웃거렸다.

차분히 떠올려 봐도 기억에 없는 이름이다.

그게 더 이상했다.

자신을 긴장시킬 만한 능력을 지녔다면 무림에 최소한 이름 석 자는 알려졌을 것이기 때문이었다.

"혹, 의협진가의 진유검인가?"

수라노괴가 딱딱히 굳은 얼굴로 물었다.

"의협진가? 아! 그러면 저 녀석이 무황성의 수호……."

놀란 눈을 치켜뜬 고루마종이 말도 끝맺지 못하고 고개를 홱 돌려 진유검을 바라보았다.

"맞습니다. 의협진가에서 왔습니다."

진유검이 담담히 웃으며 말했다.

진유검의 대답에 고루마종과 수라노괴는 물론이고 금방이라도 진유검을 짓밟아버릴 기세로 노려보던 천마신교의 모든 무인이 경악에 가까운 눈으로 바라보았다.

처음 모습을 드러내자마자 엄청난 신위를 보여주는가 싶더니 결국 천무진천까지 꺾은 절대고수!

당금 무림 최고의 풍운아(風雲兒)가 눈앞에 모습을 드러낸 것이다.

"무황성의 수호령주가 어째서 이곳에 나타난 것인가?"

누구보다 빨리 평정심을 회복한 수라노괴가 경계의 눈빛을 띠며 물었다.

"친구의 집에 곧 우환이 생길 것 같다는 소리를 듣는 바람에 부랴부랴 달려왔습니다."

"우환이라면 의협진가에 생긴 것 아닌가?"

흑무의 정보력을 통해 며칠 전에 의협진가에서 큰 참사가 일어났다는 것을 확인한 수라노괴가 약 올리듯 되물었다.

"친구 녀석이 본가에 일어난 일에 개입이 되어 다소 곤란하게 되었습니다. 몸도 많이 상했지요. 본가의 일은 어느 정도 수습이 되었으니 이제 친구 녀석의 일을 도와야 하지 않겠습니까?"

"그럴 수도 있겠군. 한데 무황성의 수호령주라는 지위에 있는 자네가 개입을 한다며 단순히 친구 문제가 될 수는 없네. 자칫 무황성과 천마신교의 전면전으로 확대될 수 있다는 생각을 해보지는 않았나?"

무황성과 천마신교의 대립으로 발전할 수 있다는 수라노괴의 은근한 협박에도 진유검은 전혀 개의치 않았다.

"공과 사는 구분하는 것이 좋겠습니다. 제가 이곳에 온 것은 무황성의 수호령주로서가 아니라 복천회주의 친구로 온 것입니다."

"허! 무황성의 수호령주가 복천회주의 친구를 자처하니 참으로 재밌는 일이군. 저쪽엔 고지식한 인간이 많아서 이 사실이 밝혀지면 꽤나 골치가 아플 텐데 말이야."

"골치 아플 것 없습니다. 제가 전혀 개의치 않으니까요."

"흠."

진유검과 수라노괴가 주고받는 말장난 같은 말들이 마음에 들지 않았던 고루마종이 버럭 화를 냈다.

"헛소리는 그만해라. 한마디로 말해 네놈이 이곳에 나타난 이유는 복천회를 치려는 우리를 막겠다는 것 아니냐?"

"그렇습니다."

"그렇… 습니다?"

고루마종이 기가 막히다는 표정을 지었다.

"애송이 놈이 겉멋만 들은 정파의 늙은이 몇 쓰러뜨렸다고 하늘 높은 줄 모르는구나!"

"하늘이 높다는 것은 아오만 최소한 그쪽이 하늘은 아닌 것 같소."

고루마종의 막말에 진유검의 말투가 바뀌었다.

"그, 그쪽? 똥물에 튀겨 죽일 놈 같으니!"

이성을 잃은 고루마종의 눈에서 귀화(鬼火)가 피어올랐다.

진유검은 고루마종의 살기 어린 눈빛을 받으면서도 별다른 행동을 취하지 않았다.

그저 해볼 테면 해보라는 듯 무심한 표정으로 바라볼 뿐이었다.

그것이 고루마종의 분노를 더욱 부채질했다.

금방이라도 싸움이 시작될 것 같은 일촉즉발의 상황에서 수라노괴가 재빨리 뛰어들었다.

"그만하게."

"비켜! 자네도 저 후레자식의 건방진 태도를 보지 않았나? 내 당장 저놈의 숨통을 끊어버릴 것이야."

"그만하래도! 명색이 신교우사라는 사람이 대화를 청해

온 사람에게 이 무슨 무례인가?"

무례라는 말에 진유검은 내심 고소를 지었다.

천마신교의 대외적인 인상은 예의라는 것과는 거리가 멀었다.

오직 힘과 피, 적자생존만이 존재하는 무법단체의 대명사가 바로 천마신교였다.

그런 천마신교의 최고 수뇌의 입에서 예의 운운하는 말이 나온 것이다.

하지만 수라노괴는 천마신교에서도 굉장히 냉철하고 차분한 성정을 지닌 인물로 일신에 지닌 학식과 지략은 군사 혁리건이 한 수 양보를 할 정도로 뛰어났다.

그렇다고 성격 자체가 공명정대하거나 한 사람은 아니다.

오히려 단순히 힘만 앞세우는 이들보다 더욱 잔인하고 치밀하게 상대를 무력화시키는 힘을 지닌 자였다.

그런 그가 진유검에게 가식적이나마 예우를 하는 것은 진유검이 의협진가의 출신에 무황성의 수호령주라는 지위, 게다가 아직까지 제대로 밝혀지지 않은 엄청난 실력을 지녔기 때문이었다.

수라노괴가 정색을 하고 말리자 고루마종도 함부로 움직이지 못했다.

신교우사의 직함을 지닌 그가 지위는 더 높을지 몰라도 사실상 천마신교 장로들의 수장 역할을 하는 수라노괴의 영향력은 교주 초진악에 이어 두 번째라 해도 과언이 아니었다.

“이 친구 말대로 의미 없는 말장난은 그만하는 것이 좋겠군. 공적이든 사적이든 그대는 우리를 막기 위해 이곳에 왔네. 한데 어째서 모습을 드러낸 것이지? 그것도 겨우 두 사람이. 인원이 적은 만큼 기습적인 공격이 더욱 효과적일 텐데 말이야.”

“한 가지 요청을 하려고 왔습니다.”

수라노괴가 어느 정도의 선을 지켜주자 진유검의 태도 또한 고루마종을 상대할 때와는 달랐다.

“요청이라. 대충 내용을 알 것 같기도 하고 구미가 당기지도 않지만 그래도 무황성을 대표하는 수호령주의 말이니 들어는 봐야겠군. 그래, 우리에게 어떤 요청을 하려는가?”

진유검이 무황성과는 상관이 없다고 분명히 선을 그었지만 수라노괴는 교묘하게 그와 무황성을 한데 엮었다.

잠시 숨을 고른 진유검이 조용히 말했다.

“병력을 물려주십시오.”

“헛소리 지껄이지 마라!”

고루마종이 그럴 줄 알았다는 듯 소리쳤다.

"노부도 같은 생각이네. 이건 천마신교 내의 일일세. 무황성이 개입할 명분이 없어."

수라노괴도 정색을 하며 거절했다.

"무황성이 아니라 개인의 신분으로 나선 것이라 분명히 말씀드렸습니다. 무림의 상황이 좋지 못합니다. 무황성은 이런 일에 나설 여력도 없습니다."

"그럴 테지. 세외사패의 공격이 임박했으니."

"이미 시작되었습니다. 알고 계시겠지만 혹시 몰라 말씀드리자면 세외사패 중 가장 먼저 무림을 공격한 곳은 야수궁입니다. 그들의 첫 번째 공격지는 당연히 십만대산이지요."

십만대산이라는 말에 진작부터 야수궁의 움직임을 보고받은 수라노괴, 고루마종을 비롯한 수뇌진들은 별다른 반응을 보이진 않았지다.

하지만 주변 무인들의 얼굴엔 동요의 기색이 역력했다.

십만대산을 떠나 무이산으로 천마신교의 신궁이 움직이기는 했으나 그들 마음속에 십만대산은 영원히 신성한 장소이자 언젠가는 돌아가야 할 고향이었다.

그런 십만대산이 공격을 당한 것이다. 그것도 무황성이

상으로 악연이 쌓인 야수궁에게.

수라노괴의 태연한 얼굴을 확인한 진유검이 은근한 어조로 말을 이었다.

"역시 알고 계셨군요. 한데 그다지 신경 쓰는 모습은 아니십니다. 무이산에 있는 천마신교의 움직임도 그렇고요. 십만대산엔 아직도 많은 사람이 남아 있는데 그들을 버릴 생각입니까?"

"당연히 아니네. 자네에게 굳이 할 필요는 없다고 여기나 궁금해하는 것 같으니 말해주지. 교주께선 이미 십만대산으로 보내실 지원군을 편성하셨다네. 다만 안타까운 것은 본교에 흉험한 뜻을 두고 있는 복천회로 인하여 생각보다 넉넉한 지원군을 보내지 못하게 되었다는 것일세. 아니, 애당초 복천회만 아니었다면 십만대산이 위협받을 일은 없었겠지."

약간은 분노가 섞인 수라노괴의 음성.

그의 말은 진유검이 아니라 동요하고 있는 수하들에게 십마대산이 세외사패의 공격을 받고 위기에 빠진 것은 현 천마신교의 수뇌진이 그들을 외면했기 때문이 아니라 복천회로 인해 벌어진 일이라 변명하는 것이었다.

수라노괴의 의도는 제대로 먹혔다.

복천회라는 단어가 나올 때마다 천마신교 무인들의 눈에

서 강한 적의가 뿜어져 나오기 시작한 것이다.

"제가 알고 있는 것과는 조금 다르군요."

"뭐가 말인가?"

수라노괴가 팔짱을 끼며 물었다.

분기탱천한 수하들의 모습에서 자신의 변명이 통했음을 확인하곤 여유가 넘치는 모습이었다.

"애당초 세외사패의 준동은 천하가 다 아는 사실이었습니다. 그런 시기에 병력을 대거 이동시킨 것은 쉽게 납득하기 힘든 일이었습니다. 아무리 복천회를 친다는 명분이 있다고 해도 말이지요. 호사가들은 말합니다."

진유검의 묵직한 음성이 천마신교 무인들의 귓가를 파고들었다.

"지금 이 시점에서 천마신교가 복천회를 치는 것은 뭔가를 얻고자 함이다. 첫째, 전대 교주의 후예와 수하들을 없앰으로써 현 교주와 수뇌들의 지위를 공고히 한다. 둘째, 현 교주와 수뇌진에게 적의를 보이는 십만대산의 교인들을 세외사패의 힘을 빌려 제거한다."

"말도 안 되는……."

고루마종이 발끈하려 했지만 그의 음성은 한층 거대하진 진유검의 목소리에 묻히고 말았다.

"셋째, 복천회를 친다는 명분하에 항주에 대한 영향력을 확대한다. 평소라면 무황성의 반발로 인해 있을 수 없는 일이겠지만 세외사패의 공격에 전력을 기울이고 있는 무황성으로선 천마신교의 도발에 응수하지 못할 것이다. 자, 어떻습니까?"

"말 꾸미기를 좋아하는 것들이 바로 호사가들이지."

수라노괴는 진유검의 말을 비웃음으로 일축했다.

"인정하지 못하시는군요."

"사실이 아니니 당연한 것 아니겠는가?"

"좋습니다. 뭐, 그렇다 치죠. 하지만 세외사패의 공격이 시작되었습니다. 자칫하면 중원무림이 그들의 발아래에 놓일 수도 있는 상황입니다. 한데도 복천회에 대한 공격을 계속해야 하는 것입니까? 상식적으로 생각을 해도 지금은 복천회에 대한 공격이 아니라 칼끝을 천마신교의 성소로 추앙받는 십만대산 나아가 중원무림을 노리고 있는 세외사패로 돌려야 하는 것 아닙니까?"

진유검의 음성이 점점 날카로워졌다.

"일리 있는 말이긴 하나 배후에 적을 두고 전쟁을 치르지는 않는 법이라네."

"복천회가 현 천마신교의 수뇌진에게 어떤 의미인지는 알고 있습니다만 그들은 천마신교를 공격할 여력이 없습니다. 아니, 그들 역시 중원의 무인들로서 세외사패와 싸울 것입니다. 제가 장담하지요."

"그거야 네놈이 하는 말이고. 반역의 잔당들이 지금껏 쥐새끼처럼 숨죽이고 있다가 갑자기 고개를 쳐든 이유가 무엇이냐? 세외사패로 인해 본교가 제 놈들을 공격하지 못하리라 여긴 것이다. 버러지 같은 놈들!"

고루마종이 언급조차 하기 싫다는 듯 누런 가래침을 탁 뱉었다.

진유검의 안색이 더없이 싸늘해졌다.

"반역의 잔당? 설마하니 천마조사의 후예가 반역의 잔당이라는 말을 들을 줄은 몰랐소. 최소한의 부끄러움도 모르는구려."

"닥쳐랏! 어디서 세 치 혀를 함부로 놀리느냐!"

발작하려는 고루마종의 팔을 잡아챈 수라노괴가 불쾌한 얼굴로 말했다.

"말이 지나치군."

"지나치다 보십니까? 하늘이 알고 땅이 알고 사람들이 아는 사실을 호도하려 하지 마십시오. 힘이 없기에 빼앗긴 것이고 다들 강자존의 전통을 이어온 천마신교이기에 가능한 일이라 여기며 고개를 끄덕이는 것뿐입니다."

"……."

"자, 더 이상의 대화는 의미가 없겠군요. 다시 한 번 요청하겠습니다. 천마신교가 복천회를 치려는 의도는 충분히 이해합니다. 하지만 지금은 아닙니다. 때가 너무 좋지 않습니다. 세외사패가 중원무림을 공격하는 시점에서 함께 힘을 합쳐 싸우지는 못할지언정 공멸할 필요는 없지 않습니까?"

"공멸? 복천회 놈들은 입김 한 번에 쓸어버릴 수 있다."

고루마종이 어이없다는 듯 말했다.

"천마신교 전력의 반이 움직였소. 그것이 입김이라면 참으로 대단한 입김이오."

차갑게 힐난한 진유검이 말을 이었다.

"마지막으로 경고하겠습니다. 이대로 돌아갈 의향은 정말 없는 것입니까?"

"경고라. 지금껏 체면을 차려준 노부의 얼굴에 똥칠을 하는군. 경고는 노부가 하지. 막으면 죽을 것이다. 우린 그대가 상대한 늙은이들과는 달라."

"기대해 보지요."

차가운 눈으로 수라노괴를 응시한 진유검이 빙글 몸을 돌렸다.

"멈춰랏! 네놈이 지금 우리를 능멸하고 어디를 가려……."

진유검을 대신해 전풍이 나서며 말을 끊었다.

"아, 그 늙은이 요란을 떠는 것 하곤!"

초반에 나대던 것과는 달리 의외로 얌전히 대기하고 있던 전풍의 입에서 거친 말이 쏟아지기 시작했다.

"쯧쯧, 주군께서 좋게 좋게 말로 하니까 아직도 분위기 파악을 못하는군. 똑똑히들 들으쇼. 주군께서 당신들보고 물러나라고 요청한 것은 이대로 조용히 꺼지면 목숨만은 살려주겠다고 한 거요. 말하자면 기회를 준 거지."

사람이 너무 어처구니가 없으면 할 말도 잃는 법이다.

지금 전풍의 말을 듣는 천마신교 무인들이 그랬다.

그토록 괄괄하던 고루마종조차 할 말을 잃고 멍한 눈으로 전풍을 바라보았다.

"모조리 염라대왕 앞으로 보내는 것보다는 그래도 한 놈이라도 더 살리고 싶은 넓은 아량이라고나 할까. 한데 그것도 모르고 주군의 아량 넓은 제안을 거지새끼 동냥그릇 차버리듯 했으니 각오들 하는 게 좋을 거요."

허리에 양손을 올린 전풍이 천마신교 무인들을 거만하게 둘러보았다.

"내 장담하건데 단 한 놈도 부춘산을 넘지 못해. 목숨이 아깝거든 그냥 조용히 꺼져. 그래야 살 수 있다."

더 이상 참지 못한 고루마종이 막 움직이려는 찰나 전풍이 손가락 하나를 치켜세웠다.

"아, 그리고 하나 더. 기왕이면 주군이 아니라 나한테 걸리길 바라라. 주군한테 걸리면 곱게 죽지는 못할 테니까. 그래도 뒈지는 것은 마찬가진가?"

그 말을 끝으로 재빨리 몸을 돌린 전풍이 냅다 달리기 시작했다.

백 명이든 천 명이든 진유검이야 별문제가 없었지만 백보운제를 시전하기도 전에 자칫 적에게 발목이라도 잡히는 날엔 골치 아픈 일이 벌어질 터였다.

"조만간 다시 보자고. 크하하하하!"

자신들을 마음껏 조롱하는 전풍의 음성이 들판을 가득 채웠지만 어찌 된 일인지 천마신교 무인들은 함부로 움직이지 못했다.

심지어 가장 먼저 추격을 시작했던 고루마종까지 몇 걸음 내딛지 못하고 걸음을 멈추고 말았다.

이유는 간단했다.

진유검이 아무렇게나 휘두른 검에 앞서 달려가던 일곱 명의 혈마대 대원이 접근조차 하지 못한 채 쓰러졌고 고루마종마저 충격을 이기지 못하고 휘청거렸기 때문이었다.

단 일검에 천마신교 무인들을 압도해 버린 진유검.

어느새 까마득하게 멀어진 전풍을 향해 훌쩍 몸을 날린 그의 모습이 완전히 사라질 때까지 천마신교 무인들의 입에선 아무런 말도 흘러나오지 않았다.

37장

예상치 못한 전개

“드디어 움직였습니다.”

천마대주 몽전(蒙電)이 상기된 얼굴로 달려왔다.

“확실한 것이냐?”

혈천마부가 회심의 미소를 지으며 물었다.

“그렇습니다. 인근 지역을 감시하고 있는 흑무각의 요원들로부터 같은 정보가 연속적으로 도착했습니다.”

“역시 예상대로였습니다, 좌사.”

장로 궁일로(穹日露)가 들고 있던 술잔을 내려놓으며 말했다.

"그러게. 자네가 놈들의 수작질을 제때에 간파하지 못했다면 큰 낭패를 볼 뻔했어."

혈천마부가 크게 기꺼워하며 빈 잔에 술을 따라주었다.

"사흘째 도발이 이어졌습니다. 횟수로 따지자면 십여 차례 공격이 있었는데 결정적으로 크게 충돌한 적은 단 한 차례도 없습니다. 이제 곧 주력이 도착을 하는 상황에서 이상함을 느끼는 것은 당연하지요. 천마대주."

"예, 장로님."

"놈들이 어느 쪽으로 움직이고 있다더냐?"

"두 갈래입니다. 일부 떨어져 나온 병력이 왕죽림(王竹林)으로 숨어들었고 주력은 은밀히 백운평(白雲坪)으로 향했습니다."

"왕죽림의 병력으로 우리를 공격하여 이목을 흐리게 하고 본진은 백운평 쪽으로 크게 우회하여 막간산(莫干山)을 넘으려는 모양이군."

"천목산을 노릴 것이라 생각했는데 딴에는 머리를 쓴 모양일세. 왕죽림으로 이동한 병력은 얼마나 되느냐?"

혈천마부가 피가 뚝뚝 떨어지는 고깃점을 씹으며 물었다.

"칠팔십 명 정도 되는 것으로 압니다."

"호! 이전 도발보다 훨씬 많은 숫자가 아닌가. 규모가 클

수록 우리가 속기 쉽다고 생각한 것인가? 가소로운 것들."

"그래도 이번엔 규모가 제법 되니 이쪽에서도 준비를 착실히 해야 할 것 같습니다."

"준비는 무슨. 지금껏 공격이라고 해봐야 몇 놈이서 몰래 기습을 하고 도망치는 수준이 아니었나. 천마대주, 그동안 우리가 입은 피해는 얼마나 되느냐?"

"대원 여덟이 죽었고 열둘이 부상을 당했습니다."

몽전이 얼른 답했다.

"들었나? 피해라고 할 것도 없었네. 이번에도 마찬가지라네. 숫자가 많아졌다고 해도 달라질 것은 없어. 그냥 우리의 정신을 혼란케 하려는 수작일 뿐이야."

혈천마부는 며칠 동안 이어진 기습과 왕죽림에 모인 병력을 폄하했다.

"왕죽림에 모인 놈들은 무시한다. 최소한의 인원만으로 적당히 견제토록 하고 우리는 전력을 다해 백운평으로 도주하는 놈들을 잡는다."

"명심하겠습니다."

궁일로가 명을 받고 물러나려는 몽전을 잡아 세웠다.

"그래도 혹시 모르니 왕죽림의 전력에 대해서 제대로 확인을 하여라. 척후를 보내는 것이 여의치 않으면 흑무각 요원들에게 도움을 청하고."

"노파심 같지만 자네의 그런 철저함이 있었기에 이런 좋은 기회를 잡을 수 있었던 것이겠지. 천마대주는 궁 장로의 명을 제대로 이행하라."

"그리하겠습니다."

공손히 읍을 한 몽전이 물러나자 궁일로가 조금은 걱정스런 눈빛으로 말했다.

"한데 정면 승부를 펼쳐도 괜찮은 것인지 모르겠습니다."

"우리가 진다고 생각하는가?"

"그건 좌사께서도 아시지 않습니까? 복천회주와 섬전검, 삼안마도가 없다고는 해도 이 정도 병력으론 무리입니다."

"그건 나도 알아. 제길, 아무리 선발대라지만 딸랑 천마대 하나 딸려 보내주다니 말이야. 이는 틀림없이 우사 그 늙은이의 수작질이야. 자기가 선발대를 맡은 줄 알고 있다가 내게 빼앗겨서 심술을 부리는 거지. 욕심 많은 늙은이 같으니!"

혈천마부가 마뜩치 않은 표정을 지으며 툴툴거렸다.

"그걸 알면서 뭣하러 뺏으신 겁니까?"

"내가 뺏은 건가? 그 늙은이가 술 내기에서 진 거지."

그 내기를 하자고 조르고 조른 사람이 혈천마부라는 것을 알고 있던 궁일로로선 쓴웃음을 지을 수밖에 없었다.

"아무튼 정면 대결은 불가능합니다."

"하면 어찌 싸워야 한다고 보는가?"

"천마대의 기동력을 이용해서 철저하게 치고 빠지는 형식으로 싸워야겠지요. 저들은 식솔들까지 함께 움직일 테니 천마대의 기동력에 제대로 반응을 하지 못할 것입니다. 주력이 올라오고 있습니다. 최소한 반나절만 놈들의 발걸음을 지체시킬 수 있다면 복천회의 씨를 말릴 수 있을 것입니다."

"솔직히 그런 싸움 방식은 마음에 들진 않아. 하지만 복천회 놈들을 제대로 쓸어버리려면 어쩔 수 없겠지. 자, 바로 움직이도록 하세나."

혈천마부가 자리에서 벌떡 일어났다.

몇 잔 들이켠 술 때문인지 아니면 곧 벌어질 전투에 대한 흥분 때문인지 낯빛이 붉게 상기되어 있었다.

"놈들이 미끼를 물었습니다."

막심초의 보고에 조금은 걱정스런 눈빛으로 걸음을 옮기던 사도은의 얼굴에 회심의 빛이 흘렀다.

"병력의 배치는?"

"왕죽림으로 삼십 정도가 이동했고 나머지 병력이 은밀히 우리를 쫓고 있습니다."

"삼십이라. 제대로 걸렸군."

"미친놈들 아닌가? 고작 삼십으로 두 배가 넘는 인원을 상대할 생각을 하다니 말이야."

혈륜전마가 어이없다는 듯 말했다.

"천마대가 그만큼 강하기는 하지. 충분히 자신감을 가질 만해. 게다가 그동안 우리의 공격이 시원치 않았으니까 이번 공격 역시 단순히 시선 돌리기라 생각하는 것이겠지."

"염라대왕이 방문하는 것도 모르고 말이지."

왕죽림 쪽으로 향한 복천회의 병력은 혈천마부 등이 예상한 것과는 달리 복천회에서도 고르고 고른 정예들이었다.

암기의 달인 악휘를 필두로 고독귀, 귀두파파가 합류를 한 상황이니 천마대가 아무리 뛰어나다고 한들 삼십 정도의 숫자로는 숨조차 제대로 쉴 수 없을 것이었다.

"이제부터가 진짜 중요한 시작이네. 막심초."

"예, 원로님."

"놈들의 소재는 정확하게 파악을 하고 있느냐?"

"그렇습니다. 항주에서 활동하고 있는 흑무각 요원의 수는 이미 완벽하게 파악을 했습니다."

어깨를 활짝 펴고 대답하는 막심초는 자신만만했다.

지난 사흘간의 도발은 적의 선발대를 기만하는 목적에

더해 복천회를 감시하고 있을 정보요원들을 잡아내는 목적도 있었다.

급박하게 돌아가는 주변 상황을 틈타 막심초는 그가 부리는 모든 수하를 동원해 선발대와 그들과 연락을 취하는 흑무각의 요원들을 끈질기게 추격해 왔고 대부분 파악해 냈다.

"모조리 제거를 해라. 지금 이 순간부터 더 이상 놈들에게 정보가 들어가서는 안 될 것이다."

"알겠습니다."

"천마대에서 운용하는 척후들 또한 마찬가지. 파악이 되는 대로 제거해라. 특히 왕죽림 쪽의 척후나 정보요원은 절대로 놓쳐선 안 된다."

"명심하겠습니다."

막심초가 연락을 하기 위해 물러나자 사도은이 혈륜전마에게 말했다.

"놈들은 정면 대결보다는 우리의 발걸음을 지체시키려 할 것이네. 하지만 조금이라도 약한 모습을 보이면 그대로 물어뜯으려 할 것이야. 혈천마부가 여기는 멍청해도 실력은 제법 뛰어나니까."

사도은이 머리를 툭툭 건드리며 말했다.

"그건 걱정하지 말게. 과거엔 운이 좋아 살아남았지만 이번만큼은 어림없지. 빚도 갚아야 하고."

혈륜전마가 안대를 슬쩍 어루만지며 말했다.

"그리고 우리 아이들을 믿어보게. 천마대가 대단한 실력을 가진 것은 인정하지만 우리 아이들도 만만치는 않아."

사도은이 슬쩍 고개를 돌려 조용히 움직이고 있는 복천회의 제자들을 살폈다.

사도은의 입가에 미소가 지어졌다.

"믿지. 암, 믿고말고."

* * *

"아까부터 왜 그렇게 심각한 얼굴이죠? 무슨 일이라도 있는 건가요?"

청송이 자신의 물음에 아무런 대답도 하지 않고 여전히 생각에 골몰하자 공손은의 고운 아미가 살짝 찌푸려졌다.

"묻잖아요."

카랑카랑한 목소리에 청송이 퍼뜩 놀랐다.

"예?"

"대체 정신을 어디다 팔고 있는 거예요? 무슨 일이냐고 몇 번을 물어도 대답도 하지 않고."

"죄송합니다."

"죄송하다는 말보다는 무슨 생각을 하느라 그렇게 정신이 팔린 것인지 듣고 싶군요."

나름 화를 낸다고 토라진 듯 말을 해도 오히려 사랑스럽기만 한 공손은을 보면서도 청송의 굳은 얼굴은 펴지지 않았다.

"자꾸 이상한 생각이 들어서 그랬습니다."

"이상한 생각이라니요?"

"조금 전, 수호령주가 앞을 가로막았을 때를 기억하십니까?"

"물론이죠. 하지만 허풍이었을까요? 벌써 부춘산의 중턱을 넘어섰는데 아직까지 아무런 움직임이 없는 것을 보면 말이에요."

그녀의 말은 마치 진유검의 공격을 기다렸는데 그렇지 않아 실망했다는 것처럼 들렸다.

"절대 그렇지 않습니다. 그는 강합니다. 소름이 끼칠 정도로 정말 강합니다."

공손은은 청송의 손끝이 살짝 떨리는 것을 보며 눈을 동그랗게 떴다.

지금껏 부친과 루의 몇몇 어른을 제외하고 가장 강하다고 생각한 사람이 바로 청송이었다.

한데 무황성과 함께 무림을 양분하고 있는 천마신교의

교주를 무릎 꿇릴 만큼 막강한 실력을 지닌 청송이 떨고 있는 것이다.

겁을 먹어서 그런 것은 아니다.

그의 성정상 상대가 설사 염라대왕이라 해도 겁을 집어먹는 일은 절대로 없다.

지금 보여주는 떨림은 자신을 능가하는 강자를 앞에 둔 무인으로서의 주체할 수 없는 호승심, 동경 등이 복합적으로 뒤섞이며 나타난 감정일 것이다.

"정말로 그렇게 강할까요?"

"예, 제가 느낀 바로는 분명히 그렇습니다. 의협진가를 공격했던 이들이 어째서 그에게 당했는지 이제야 알 수 있을 것 같습니다."

"청송과 비교해선 어떤가요?"

공손은의 음성이 절로 떨렸다.

청송은 대답하지 않았다.

그저 가볍게 웃음 지을 뿐이었다.

하지만 오랫동안 청송과 사랑을 키워오고 있는 공손은은 그의 미세한 표정의 변화를 정확히 감지했다.

공손은이 자신의 대답에 불안감을 느끼고 있다는 것을 간파한 청송이 슬며시 그녀의 손을 잡았다.

"걱정하지 마십시오. 제가 있는 한 당신께 위협되는 일은 없습니다."

"믿어요."

공손은이 환한 웃음을 지으며 청송의 손을 힘주어 잡았다.

청송과 공손은은 잠시 동안 손을 잡고 서로에 대한 믿음을 확인했다.

주변의 시선을 의식하여 손을 놓고 떨어질 때 공손은이 눈꼬리를 살짝 치켜 올리며 말했다.

"그렇게 자신 있으면서 왜 그렇게 심각한 얼굴인데요? 아, 그러고 보니 자꾸 이상한 생각이 든다고……."

순간, 청송의 표정이 다시 굳어졌다.

"수호령주가 추격자를 물리치며 부춘산으로 떠날 때 잠시 동안 우리를 바라보았습니다."

"우리… 를요?"

공손은은이 자신도 모르게 몸을 흠칫 떨었다.

"예, 물론 우연의 일치일 수도 있으나 생각하면 생각할수록 우연이 아니라 어떤 의도를 가지고 바라봤다는 느낌을 지울 수가 없더군요."

"혹, 우리의 신분을 눈치챈 것은 아닐까요?"

"정확한 것은 저도 모르겠습니다. 하지만 그가 우리의 존재를 의식하고 있다면……."

말을 하던 청송이 갑자기 고개를 돌렸다.

그의 시선이 향한 곳은 부춘산 좌측 능선의 절벽이었다.

"갑자기 무슨……."

"놈들이 온 것 같습니다."

청송의 말이 끝나기가 무섭게 절벽 위에서 두 사람의 신형이 모습을 드러냈다.

절벽의 높이가 거의 칠팔 장에 이르렀지만 전혀 아랑곳없이 뛰어내린 진유검과 전풍이 행렬의 중앙을 덮쳤다.

좁은 산길로 이동하느라 행렬이 길게 늘어서 있었기에 반응은 빠르지 못했다.

바닥에 착지를 하는 것과 동시에 빛살처럼 치고 나간 전풍의 공격에 서너 명의 대원이 나가떨어지고 뒤이은 진유검의 공격에 열 명의 대원이 무릎을 꿇었다.

그들 대부분이 연화장에 당한 듯 가슴과 배를 부여잡고 주저앉아 연신 피와 토사물을 게워냈는데 나름 손속에 인정을 둔 것인지 목숨을 잃은 대원은 단 한 명도 없는 것 같았다.

혈마대가 적의 출현을 알고 어떤 대응을 하려 했을 땐 진유검과 전풍은 이미 반대쪽 숲으로 사라진 뒤였다.

남은 것은 팔다리가 부러지고 몸 큰 부상을 당한 채 쓰러진 혈마대원뿐.

"이제 시작이다. 각오들 하라고. 크하하하하!"

전풍의 경고가 메아리가 되어 날아들었다.

모습을 드러내는 것과 동시에 천마신교에서 천마대와 더불어 최강의 전투력을 자랑하는 혈마대원 십여 명을 간단히 무력화시킨 진유검과 전풍의 웃음소리에 좌중의 분위기는 무겁게 가라앉았다.

* * *

"제길, 대어가 눈앞에 있는데 하필이면 저런 떨거지들을 상대해야 하다니."

왕죽림으로 향하는 천마대 부대주 흑우(黑牛)가 무식할 정도로 우람한 근육을 씰룩이며 말했다.

이름 그대로 남들보다 두 뼘은 큰 키하며 커다란 덩치, 거무튀튀한 피부색이 성질 사나운 들소를 연상시키는 흑우는 도주하는 복천회 본진을 치지 못하고 그저 미끼로 던져진 잔당을 공격해야 한다는 것이 영 마음에 들지 않는 눈치였다.

"그래도 지난 며칠처럼 찔끔거리는 공격을 기다리는 것이 아니라 먼저 치는 거잖소. 크크크! 숫자도 제법 된다고 하니 손맛은 볼 수 있을게요."

규각이 진한 살소를 머금으며 허리춤에 매달려 있는 칼을 툭툭 쳤다.

젓가락처럼 마른 몸매와 작은 키가 흑우와 비해 볼품이 없었지만 천마대에서도 호전적이며 잔인한 성정으론 따를 자가 없었다.

"어느 쪽에 있는지 확인은 된 거냐?"

"척후로부터 한 시진 전에 왕죽림 북쪽에 숨어 있다는 전갈을 받았소. 그 이후 별다른 연락이 없는 걸 보면 아직도 그곳에 죽치고 있는 모양이오. 병신들. 사신들이 코앞까지 온 줄도 모르고."

"더 어둡기를 기다리는 모양이군. 아무튼 장난치지 말고 최대한 빨리 끝내. 서둘러 백운평으로 가야지."

"그건 맡겨두고 빨리 명이나 내리쇼."

규각이 주체할 수 없이 들끓는 살심을 억누르기 힘든지 거칠게 숨을 몰아쉬었다.

"잠시 기다려. 싸움에도 순서라는 게 있는 법이야."

"지미. 순서는 무슨……."

"좀 닥치고!"

규각에게 잔뜩 인상을 쓴 흑우가 일행과 한참이나 떨어져서 오고 있던 노인에게 걸어갔다.

"시작하겠습니다, 호법님."

"쯧쯧, 뭐가 그리 급하다고."

"빨리 이곳을 마무리 짓고 저희도 본대에 합류를 해야 하지 않겠습니까?"

"네 생각은 알겠다만 어차피 그쪽도 정면 승부는 없다. 복천회가 아무리 다급한 상황이긴 해도 천마대만으론 무너뜨릴 수 없음이니."

"어찌 될지는 아무도 모르는 법이지요."

흑우는 여전히 기대를 버리지 않고 있었다.

"마음대로 하여라. 노부가 도와야 하느냐?"

"저희끼리 해결하겠습니다."

당연하다는 듯 고개를 끄덕인 장자융(張紫絨)이 상체를 살짝 모으고 양팔을 어루만지며 말했다.

"그래, 기왕 시작을 한다면 빨리 마무리를 하거라. 어째 공기가 차가운 것이 이러다 서리라도 내릴 것 같구나."

"예, 오래 걸리지 않을 것입니다."

허락은 받은 흑우가 기대 가득한 눈으로 자신을 바라보는 수하들에게 손가락 하나를 치켜 올렸다.

흑우의 손가락이 왕죽림으로 향하자 규각을 필두로 천마대원들이 일제히 움직였다.

삼십이란 숫자가 움직이고 있음에도 소음은 거의 없었다.

호흡은 가늘고 일정했으며 내딛는 보폭이나 속도 또한 한 사람이 움직이는 것처럼 완벽하게 일치시켰다.

그나마 나는 소리라면 왕죽림의 대나무 잎들이 대원들의 몸에 스치는 것뿐이었는데 때마침 불어온 산들바람에 의심할 여지는 전혀 없었다.

완벽에 가까울 정도로 은밀하고 신속한 수하들의 움직임을 천마대 부대주로서 흐뭇하게 감상하던 흑우도 서둘러 몸을 날렸다.

행여나 자신이 상대해야 할 몫이 없어지는 것은 아닌지 서두는 기색이 역력했다.

"쯧쯧, 그놈의 싸움이 저리도 좋을……."

장자융이 거대한 덩치와는 어울리지 않게 가히 비호처럼 달려가는 흑우의 모습을 보며 혀를 찼다.

바로 그 순간, 뭔가를 느낀 것인지 흠칫 놀란 장자융은 자신도 모르게 허리춤에 차고 있는 검을 움켜잡았다.

"위험하다!"

장자융의 입에서 다급한 외침이 흘러나왔지만 이미 때는 늦었다.

천마대원들이 사라졌던 방향에서 처절한 비명이 터져 나왔다.

온갖 함성과 욕설, 비명이 들려왔는데 그 대부분의 소리가 적이 아니라 천마대원의 것이라는 것을 직감적으로 느낄 수 있었다.

본능적으로 검을 움켜잡았을 정도로 왕죽림을 뒤덮고 있는 살기는 엄청난 것이었으니 그 안에 갇혀 버린 천마대원들의 상황은 그야말로 덫에 걸린 사냥감과 다름없었다.

왕죽림을 뒤흔드는 비명 소리에 장자융의 몸이 화살처럼 쏘아져 갔다.

잠시 잠깐, 살기 위해선 함정에 빠진 수하들을 버리고 도망을 쳐야 한다는 유혹이 찾아오기는 했으나 장자융은 그 정도로 비열하고 약삭빠른 인간은 아니었다.

눈 깜짝할 사이에 전장에 도착한 장자융의 눈동자가 경악으로 물들었다.

그가 천마대원들의 비명 소리를 듣고 달려온 시간은 아무리 길게 잡아도 서너 호흡밖에 되지 않았다.

그 짧은 시간에 무려 절반이 넘는 대원들이 사지가 찢어져 숨이 끊어져 있었다.

무엇보다 놀란 것은 수하들을 쓰러뜨린 사람이 고작 두 명에 불과하다는 것.

개개인의 실력으로 따지자면 천하의 어떤 문파의 제자들과 견줘도 부족함이 없었고 서너 명의 합공이면 능히 한 문파의 장로들과도 승부를 가늠해 볼 수 있다던 천마대원들이 고작 두 사람의 공격을 감당하지 못해 쓰러진 것이다.

결코 있을 수 없는 일이었으나 양쪽 다리가 부러져 기어가는 천마대원의 목을 밟아 부러뜨리는 노인과 눈이 마주친 순간, 자신의 생각이 틀렸음을 확인할 수 있었다.

"고, 고독귀 선… 배."

장자융을 향해 천천히 고개를 돌린 고독귀의 입에서 비웃음이 흘러나왔다.

"선배? 설마하니 네놈의 입에서 선배라는 말이 흘러나올 줄은 생각도 못했다."

"그러게. 아무튼 반가운걸. 어떤 놈이 걸릴지 기대를 했는데 말이야."

귀두파파가 핏물이 뚝뚝 떨어지는 계조월(鷄爪鉞)을 빙글빙글 돌리며 다가왔다.

"그래, 주군을, 키워준 사부를 배신한 대가로 그동안 부귀영화는 잘 누렸느냐?"

귀두파파가 환하게 웃으며 물었다.

장자융은 그 웃음에 가득 담긴 살기에 온몸의 털이 가닥가닥 솟구치는 것을 느꼈다.

장자융의 등장으로 잠시 공격이 멈추자 살아남은 천마대원들이 그에게 달려왔다.

"괜찮으냐?"

장자융이 옆으로 다가온 흑웅에게 물었다.

시선은 고독귀와 귀두파파에게 고정시킨 상태였다.

"예, 제기랄! 완전히 망했습니다."

흑웅은 제대로 공격은커녕 아무런 반격도 해보지 못하고 쓰러진 수하들을 보며 이를 부득 갈았다.

"그동안의 공격은 함정이었소?"

장자융이 어느새 완벽한 포위망을 구축한 복천회 무인들을 둘러보며 물었다.

"함정이라면 함정이겠지. 선발대를 잡기 위한."

뒤쪽에서 들려오는 음성을 따라 몸을 돌리던 장자융의 몸이 그대로 굳었다.

그의 앞에 악휘가 붉은 눈동자를 빛내며 무표정하게 서 있었다.

"오랜만이구나."

"예, 사… 숙."

장자융이 떨리는 음성으로 대답했다.

고독귀가 당장에라도 씹어먹을 듯 소리쳤다.

"사숙? 이런 쓰레기 같은 놈! 어디서 감히 사숙이라는 말이 튀어나와!"

쓰윽 돌아보는 것만으로 고독귀의 발광을 진정시킨 악휘가 갑자기 왼팔을 휘저었다.

미세한 파공성과 함께 흑우의 뒤에 숨어 있던, 고독마의 공격에서 팔 하나를 잃고 유일하게 살아남은 규각의 입에서 단말마의 비명이 흘러나왔다.

둔탁한 소리를 내며 고꾸라지는 규각의 미간엔 작은 구멍이 하나 뚫려 있었고 그곳에서 조금씩 피가 흘러나오기 시작했다.

"뭔가 했더니 벽력탄이로군. 이기지 못할 바에야 같이 죽자? 과연 천마대는 천마대야. 지독한 근성은 여전해."

악휘가 규각의 손에 있다가 바닥으로 굴러 떨어진 쇠구슬을 보며 가볍게 탄성을 내뱉었다.

"하지만 곤란하지. 이런 곳에서 애꿎은 아이들을 잃을 수는 없으니까. 안 그러냐?"

장자융은 과거보다 진일보한 악휘의 암기술에 놀라면서도 최대한 평정심을 유지하려 애썼다.

"백운평에도 함정이 기다리고 있는 겁니까?"

"어떨 것 같으냐?"

악휘의 웃음에 장자융은 백운평에도 왕죽림과 같은 함정이 설치되어 있음을 확신했다.

"신교좌사와 천마대의 힘은 약하지 않습니다."

신교좌사라는 말에 지금껏 냉정함을 유지하고 있던 악휘의 얼굴이 매섭게 변했다.

"신… 교좌사? 네놈이 지금 신교좌사라 했느냐?"

"……."

장자융은 아차 싶었다.

주군을 지키기 위해 반역군에 맞서 끝까지 싸우다 목숨을 잃은 사부의 지위가 다름 아닌 신교좌사가 아니던가.

악휘의 눈에서 조금 전과는 비교할 수도 없는 날카로운 살기가 뿜어져 나오는 것은 당연했다.

"검은 머리의 짐승은 거두는 것이 아니라더니 네놈이 꼭 그 짝이구나. 네 사부가 못한 일을 노부가 대신 해주마."

악휘의 말이 끝나기도 전에 기회를 엿보던 흑우가 맹렬히 돌진해 왔다.

천마대의 부대주라는 이름답게 상당히 위협적인 돌격이었으나 귀두파파가 날린 계조월이 먼저였다.

"크악!"

옆구리를 파고드는 계조월을 쳐내다 손목에서 어깨까지 뼈가 드러날 정도로 큰 부상을 당한 흑우가 고통스런 비명을 내질렀다.

"어른들 일에 어린놈이 끼어드는 것이 아니다. 놀고 싶다면 이 늙은이가 놀아주마."

"그럼 난 나머지 떨거지들이나 치워볼까?"

고독귀가 절망적인 상황에 처한 천마대원들을 향해 고개

를 돌렸다.

다들 두려움에 떠는 모습이 역력했다.

무림에 악명을 떨치고 있는 천마대의 명성과는 전혀 어울리지 않는 모습이었으나 충분히 이해가 갔다.

그들을 죽이고자 눈앞에 나타난 이들이 다름 아닌 천마신교에서도 전설적으로 꼽히는 괴물이기 때문이었다.

* * *

몇 차례의 기습으로 무려 칠십에 가까운 인원이 전력에서 이탈을 하게 되자 수라노괴와 고루마종은 결국 병력을 멈출 수밖에 없었다.

때마침 넓지는 않지만 그래도 사위가 탁 트인 분지를 찾은 것은 그나마 다행스런 일이었다.

경계만 잘한다면 최소한 무방비로 당하는 일은 없을 테니까.

"정확히 몇이나 당한 것이냐?"

고루마종이 잔뜩 화가 난 음성으로 물었다.

"혈마대에서 스물다섯을 잃었습니다."

혈마대주 천목심이 조심스레 대답했다.

지마대주(地魔隊主)와 만마대주(萬魔隊主)의 대답이 뒤를 이었다.

"지마대에선 열둘을 잃었습니다."

"만마대에선 서른하나를 잃었습니다."

"칠십에서 고작 둘이 부족한 수로군."

고루마종이 이를 부득 갈았다.

"숨이 끊어진 아이가 있느냐?"

수라노괴가 물었다.

"없습니다."

세 명의 대주가 동시에 대답했다.

"칠십 명 가까운 인원이 당했는데 목숨을 잃은 자가 단 한 명도 없다? 허허! 손속에 인정을 두어서 고맙다고 해야 하는 것인가?"

수라노괴가 자조에 찬 웃음을 뱉고 말았다.

"농락이지. 놈은 철저하게 우리를 농락하고 있는 것이야."

고루마종의 눈에서 활화산이 폭발하듯 뜨거운 불꽃이 뿜어져 나왔다.

"농락이든 아니든 어쨌거나 큰 문제일세. 정면으로 부딪치면 모를까 이런 식이면 대응하기가 힘들어. 산이라는 특수성 때문에 지금처럼 속수무책으로 당할 수밖에 없네."

"그렇다고 이대로 산을 내려갈 수도 없지 않나? 우회를 하자면 최소한 이틀은 시간이 더 걸리네. 놈이 우리가 산을 내려갈 때까지 얌전히 있어줄 것 같지도 않고."

"완전히 외통수에 걸린 셈이군."

"빌어먹을! 그것도 지독한 외통수야. 타개책이 쉽게 보이지 않는 지독한 외통수."

진유검 같은 절대고수가 그것도 이미 어두워진 숲에서 지금처럼 기습적으로 치고 빠지는 공격을 했을 때 막을 수 있는 방법은 사실상 전무했다.

그것을 알기에 수라노괴와 고루마종은 별다른 대책도 세우지 못하고 그저 맥 빠지는 대화만 나누었다.

주변에 있는 이들 또한 뾰족한 대책이 없어 아무런 말도 내뱉지 못하고 연신 한숨만 내쉬었다.

북쪽에서 비명과도 같은 외침이 터져 나온 것이 바로 그 시점이었다.

"기습이다!"

"적이다!"

외침이 끝나기도 전에 분지 외곽을 바람처럼 내달리는 전풍의 모습과 그를 막기 위해 움직이다 오히려 나가떨어지는 천마신교 무인들의 모습이 보였다.

분지 외곽을 경계하던 경계병이 제대로 역할을 한 것인지 아니면 어차피 알아도 막지 못한다는 자신감 때문인지 전풍은 실로 대담하게 공격을 감행했다.

"이번에 잡아야 하네."

수라노괴가 벌떡 일어났다.

"내가 왼쪽으로 돌지. 자네가 밑에서 놈의 움직임을 차단하게. 다들 최대한 넓게 포위망을 구축하며 놈의 도주로를 막게. 이번만큼은 반드시 놈들의 숨통을 끊어야 하네."

고루마종이 황급히 달려가며 소리쳤다.

하지만 전풍의 엄청난 속도는 쉽게 포위망을 허락하지 않았다.

수라노괴와 주력을 이끄는 여러 장로, 호법 들이 최선을 다해 전풍을 잡기 위해 노력했지만 동에 번쩍 서에 번쩍하는 전풍의 움직임을 따라잡기엔 솔직히 역부족이었다.

그나마 분지가 좁았기에 가능성이라도 있는 것이지 만약 넓었다면 백보운제를 극성으로 시전하고 있는 전풍을 포위망에 가둔다는 시도 자체를 하지 못했을 정도로 전풍은 빨랐다.

모두의 시선이 전풍에게 쏠려 있을 때, 천마신교 주력들을 농락하며 분지를 헤집고 다지는 전풍의 가공할 움직임을 보며 다들 감탄을 금치 못하고 있을 때 오직 단 한 사람만이 다른 생각을 하고 있었다.

'수호령주는 어디에 있는 것이지?'

청송은 전풍이 아니라 아직 모습을 드러내지 않고 있는 진유검을 찾기 위해 전신의 감각을 극대화시켰다.

제법 시간이 흘렀음에도 딱히 이상한 움직임이나 기척은 감지되지 않았다.

'내가 너무 예민한 건가?'

지난 몇 차례의 기습에서 진유검이 모든 공격에 참여한 것은 아니다.

그건 전풍도 마찬가지로 둘은 함께 공격을 하기도 했고 따로 움직이기도 했다.

주변을 아무리 탐색해 봐도 별다른 점을 찾지 못하자 청송은 이번 역시 그런 식의 공격이라 판단하곤 긴장의 끈을 조금 늦췄다.

"역시 내 생각이 맞았군."

진유검의 음성이 들려온 것은 청송이 긴장이 막 풀릴 때였다.

흠칫 놀란 청송이 고개를 돌렸다.

시선이 닿는 곳을 향해 검이 움직였다.

진유검은 전광석화처럼 날아드는 청송의 검을 보며 솔직히 감탄을 했다.

흠칫거리던 모습을 보면 분명 놀라거나 당황한 것이 분명했는데 반응은 전혀 그렇지 않았다.

마치 기다리고 있었다는 듯 폭발적인 속도로 검이 움직이는 것을 보면 평소 그가 얼마나 많은 수련을 해왔는지 알 수 있었다.

머리가 아니라 몸이, 본능이 검을 움직이는 것이다.

왼쪽 발을 뒤로 빼고 몸을 살짝 누이며 검을 피한 진유검이 눈앞을 스쳐 지나가는 검배(劍背)를 손가락으로 가볍게 튕겼다.

난장판이 된 전장과는 전혀 어울리지 않는 청명한 소리가 주변에 울려 퍼졌다.

전풍을 쫓느라 정신없이 뛰던 수라노괴와 고루마종을 비롯한 극소수의 고수들이 그 소리에 예민하게 반응했다.

"수호령주."

수라노괴가 청송과 대치하고 있는 진유검을 보며 침음을 삼켰다.

반대편 쪽에 멀리 떨어져 있던 고루마종은 이미 하얀 콧김을 내뱉으며 달려오고 있었다.

"한데 누구지?"

수라노괴의 눈에 짙은 의혹이 깃들었다.

지난 몇 번의 공격을 통해 무림을 뒤흔들고 있는 진유검의 명성이 결코 과장된 것이 아님을 깨달은 수라노괴는 진유검을 맞아 당당히 맞서고 있는 청송의 존재에 놀라움을 금치 못했다.

보는 것만으로도 섬뜩함을 느끼게 할 정도로 날카롭고 위력적인 공격은 물론이거니와 때때로 날아드는 역공을 막아내는 실력이 결코 예사롭지 않았다.

진유검이 손속에 인정을 두고 있다는 것이 느껴지기는 했으나 그럼에도 불구하고 자신이라면 과연 진유검을 상대로 저토록 맹렬하게 공격을 퍼부을 수 있을지 의문이 들었다.

금방이라도 살수를 펼칠 것 같았던 고루마종도 걸음을 멈춘 채 심각한 표정으로 싸움을 지켜보다 물었다.

"저놈 누구지?"

"모르네. 자네도 모르나?"

"당연히 모르지. 저런 실력이라면 본교에서도 다섯 손가락 안에 꼽힐 정도네. 어쩌면 그 이상일 수도. 한데 어째서 저런 놈이……."

수라노괴와 고루마종의 얼굴이 심각하게 변해갔다.

수호령주의 공격은 분명 그들에게 위기였고 잠시나마 대등하게 맞설 수 있는 존재가 있다는 것은 쌍수를 들고 환영해야 할 일이었다.

하지만 문제는 그의 존재를 수라노괴와 고루마종조차 알지 못하고 있었다는 것이다.

"보아하니 저놈들은 알고 있었던 모양인데."

고루마종이 초조한 기색으로 싸움을 지켜보는 조구와 관착을 가리키며 말했다.

"저놈들뿐만이 아닐세. 잘 보게. 분위기 자체가 틀린 것 같지 않나?"

수라노괴가 공손은을 중심으로 호위하듯 서 있는 수하들을 가리키며 말했다.

대다수가 흑무각의 정보요원이었지만 그중 몇몇은 단순한 정보요원이라 하기엔 그 기세가 너무도 대단했다.

"확실히 그렇군. 우리가 모르는 뭔가가 있어."

스산한 살기를 뿜어낸 고루마종이 청송을 돕기 위해 움직이려는 수하들을 만류했다.

한 명의 장로와 두 명의 호법이 수신호를 보지 못한 것인지 아니면 무시를 한 것인지 황급히 달려갔지만 정작 그들은 아무런 역할도 할 수가 없었다.

진유검과 청송의 싸움이 너무도 격렬하여 감히 낄 엄두를 내지 못한 것이다.

꽈과꽈꽝!

거대한 충돌음이 어둠에 잠긴 부춘산을 뒤흔들었다.

충돌의 여파로 인해 분지를 환하게 밝히던 횃불이 미친 듯이 요동치고 상당수가 힘없이 꺼졌다.

'빌어먹을!'

비틀거리며 물러나는 청송의 얼굴은 일그러질 대로 일그러져 있었다.

벌써 이십여 초의 공방을 벌였지만 상대의 수비망을 좀처럼 무너뜨릴 수가 없었다.

아니, 무너뜨리는 것은 고사하고 제대로 흠집조차 내지 못했다.

무리해서 공격을 하다가 허점을 드러낸 것이 수차례.

만약 진유검이 작심을 하고 공격을 펼쳤다면 지금까지 싸움이 이어질 수조차 없었다.

싸움을 지켜보는 다른 이들은 몰라도 당사자인 청송은 너무도 잘 알고 있었다.

청송의 시선이 뒤쪽으로 물러나 있는 공손은에게 향했다.

파랗게 질린 공손은의 얼굴을 보게 되자 자존심은 무너지고 참담함은 하늘을 찌를 지경이었다.

루외루의 비밀을 지키는 것이 아무리 중요하다고 해도 더 이상은 머뭇거릴 이유가 없었다.

애당초 진유검 같은 고수를 상대하는데 본신의 실력을 숨긴다는 것 자체가 말이 되지 않는 것이다.

결심을 굳힌 청송이 단전에 숨죽이고 있던 역천혈사공을

운용하기 시작하자 분위기가 확 바뀌었다.

역천혈사공의 공능은 지친 몸에 새로운 힘을 주었고 참담하게 일그러졌던 그의 얼굴에 자신감이라는 것을 불어넣어 주었다.

우우우웅!

웅휘로운 검명과 함께 청송의 검에서 뿜어져 나온 혈기가 주변을 휘감기 시작했다.

"이제야 제대로 해볼 마음이 생긴 모양이군."

진유검의 입가에 진하디 진한 미소가 지어졌다.

청송의 검에서 치솟은 혈기가 혈룡의 모습으로 형상화되는 것을 보며 지난날, 음부곡의 곡주가 사용했던 무공을 떠올렸다.

"혈룡진천검이라고 했던가?"

진유검의 물음에 청송은 물론이고 간절한 마음으로 싸움을 지켜보던 공손은까지 대경실색하고 말았다.

진유검이 루외루와 많은 충돌이 있었다고는 해도 설마하니 혈룡진천검까지 알고 있을 줄은 생각조차 못한 것이다.

"그자보다는 확실히 낫군."

음부곡 곡주가 일으킨 혈룡은 아홉 마리에 불과했지만 청송의 검에서 일어난 혈룡은 그보다 세 마리가 많았다.

고작 세 마리의 혈룡이 추가된 것이었으나 그 위용은 하늘과 땅 차이만큼이나 컸다.

위력 또한 그러하리라!

그것을 확인시키려는 듯 청송의 공격이 시작됐다.

열세 마리의 혈룡이 일제히 화염을 뿜어내는 모습은 실로 장관이었다.

화염이 집중되는 곳에 진유검이 있었다.

천천히 몸을 회전시키며 혈룡으로부터 쏟아지는 화염을 막아낸 진유검이 재차 검을 움직이자 한줄기 섬광이 화염을 가르며 솟구쳤다.

밑에서 솟구친 번개에 휩쓸린 서너 마리의 혈룡이 신기루가 되어 사라졌다.

혈룡이 사라지는 것과 동시에 청송의 입에서 피분수가 뿜어져 나왔다.

간신히 중심을 잡은 청송이 이를 악물고 검을 움직였다.

날카로운 이빨과 발톱을 드러낸 혈룡이 서로의 몸을 휘감고 하나가 되더니 진유검을 향해 돌진했다.

진유검이 검을 사선으로 치켜 올렸다.

검끝에서 치솟은 강기가 하늘마저 무너뜨릴 기세로 쏘아졌다.

혈룡과 강기가 허공에서 맞부딪치려는 순간, 하나로 뭉쳤던 혈룡이 사방으로 흩어졌다.

정면으로 강기와 부딪친 혈룡은 흔적도 없이 사라졌고 청송의 입에선 다시금 선혈이 뿜어져 나왔지만 진유검의 수비망을 뚫어낸 혈룡의 존재는 그로 하여금 아득해지는 정신을 다잡을 수 있게 해주었다.

"끝이다!"

청송은 진유검의 몸을 파고드는 혈룡을 보며 환호성을 터뜨렸다.

그러나 환호성은 이내 경악성으로 바뀌고 말았다.

진유검의 몸을 갈가리 찢어놓으리라 확신했던 혈룡이 너무도 허망하게 사라진 것이다.

진유검의 몸에서 일어난 호신강기도 보았고 팔을 휘두르는 것도 보았다.

어떤 무공을 사용한 것인지 미처 확인은 하지 못했으나 그렇다고 해도 모든 내공을 끌어모아 발출한 혈룡이 그토록 허무하게 사라진다는 것은 있을 수 없는 일이다.

이유를 아는 것은 오랜 시간이 걸리지 않았다.

어깨에서 밀려드는 갑작스런 극통에 청송의 몸이 휘청거렸다.

청송의 눈이 고통이 시작되는 곳을 향했다.

왼쪽 어깻죽지에 주먹만 한 구멍이 뚫려 있었다.

조금 전, 몇 마리의 혈룡을 지워 버린 강기가 그것만으로도 부족해 그의 어깨까지 완벽하게 박살을 낸 것이었다.

그 여파로 인해 진유검에게 접근한 혈룡은 진정한 위력을 지닐 수가 없었고 그저 가벼운 손짓만으로도 사라지게 된 것이다.

"청송!"

초조하게 싸움을 지켜보던 공손은이 한달음에 달려와 무너지는 청송의 몸을 안아 들었다.

공손은을 따라온 십여 명의 호위가 다급히 진유검의 앞을 가로막았다.

진유검은 그들의 존재를 아예 무시하는 듯 느긋하게 걸음을 움직였다.

한 걸음, 한 걸음.

진유검이 걸음을 내딛을 때마다 검을 곧추세운 호위들이 연신 뒷걸음질 쳤다.

엉거주춤 물러나던 호위들은 더 이상 물러날 곳이 없게 되자 어쩔 수 없이 공격을 감행했다.

바로 그때, 일진광풍(一陣狂風)을 일으키며 접근하는 존재가 있었다.

분지 맞은편에서 혈마, 지마, 만마대의 병력과 노닥거리던 전풍이었다.

"이런 싸가지 없는 놈들을 보았나!"

대담하게도 수라노괴와 고루마종의 가운데를 뚫고 나온 전풍이 일갈하며 호위들을 덮쳤다.

천마신교의 제자들과 싸울 때와는 달리 호위들을 상대로는 닥치는 대로 살수를 뿌렸다.

전풍의 실력이 경천동지할 정도로 뛰어난 것은 아니나 백보운제라는 희대의 경공과 하나가 되어 시전되자 내지르는 주먹은 그야말로 경천동지할 위력을 지녔다.

흑무각의 정보요원들은 물론이고 수라노괴와 고루마종이 주목할 정도로 특별한 기운을 지녔던 호위들까지도 전풍의 공격을 제대로 막아내지 못했다.

그래도 짧은 시간 무섭게 몰아친 전풍의 공격에도 쓰러지지 않고 버틴 것은 바로 그들뿐이었다.

물론 전풍의 공격 뒤에 이어진 진유검의 무흔지에 속수무책으로 쓰러지기는 했지만.

"이게 뭡니까, 주군?"

전풍은 자신의 먹잇감을 중간에서 낚아챈 진유검에게 버럭 화를 냈다.

"이런 상황에서 그런 말이 나오냐?"

진유검은 어느새 주변을 포위하고 흉흉한 살기를 드러내고 있는 천마신교 무인들을 힐끗 바라보며 몸을 돌렸다.

"가, 가까이 오지 마라."

공손은이 청송을 지키기 위해 검을 들었다.

"뛰어난 실력을 지녔다는 것은 알지만 상대가 될 수 없다는 것은 그대가 잘 알 터. 덤비는 것은 자유지만 손속에 인정을 기대하지는 마시오."

말을 마친 진유검의 시선은 공손은이 아니라 힘겹게 그녀의 팔을 잡고 있는 청송에게 향해 있었다.

알아서 그녀를 멈추라는 의미였다.

하지만 연인을 지키고자 하는 공손은의 의지는 청송도 쉽게 꺾지 못했다.

그녀는 결국 진유검에게 달려들었고 삼초식도 버티지 못한 채 연화장을 맞고 청송 곁에 나란히 쓰러졌다.

38장

백운평(白雲坪)

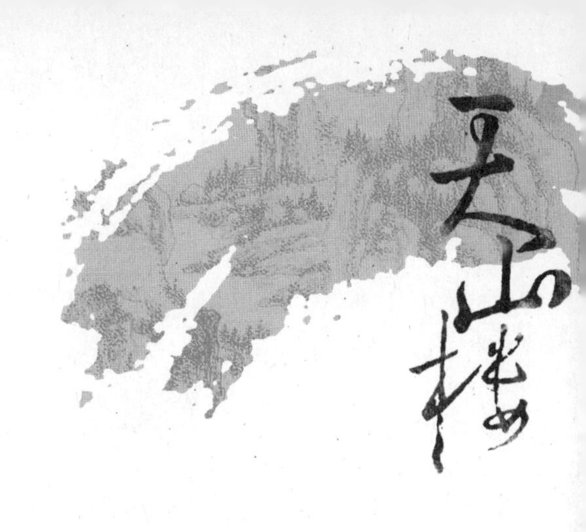

“오늘이라고 했던가?”

늦은 밤, 저 멀리 천목산 정상에 걸린 구름을 바라보며 술잔을 들던 독고무가 던지듯 물었다.

“예, 이미 시작했을 것입니다.”

독고무와 대작을 하던 동종유가 공손히 대답했다.

“성공… 하겠지?”

불안감 때문인지 독고무의 음성이 살짝 떨렸다.

처음, 적 선발대의 감시와 방해를 뚫고 항주 탈출을 시도하겠다는 사도은의 전갈을 받았을 때 독고무는 불같이 화를 냈다.

퇴각은 결코 있을 수 없는 일이라며 어떻게든지 시간을 맞춰 항주로 갈 터이니 물러나지 말고 싸울 준비를 하라는 전서구를 몇 차례나 띄울 정도였다.

하지만 명령을 거부하고 계획을 진행시키겠으며 이후, 목숨으로 죄를 청하겠다는 사도은과 원로들의 완강한 고집에 복천회의 미래를 위해서라도 지금은 피하는 것이 옳다는 동종유의 간곡한 설득으로 인해 결국 마음을 돌릴 수밖에 없었다.

자신의 명령을 거부한 원로 등에 대한 화가 풀린 것은 아니나 그 또한 자신과 복천회의 미래를 위한 선택이라는 것을 알기에 마냥 화를 낼 일도 아니었다.

지금은 그저 사도은의 계획이 성공하여 복천회의 식구들이 무사히 항주를 빠져나오기만을 간절히 바랄 뿐이었다.

"틀림없이 성공할 것입니다. 다른 사람도 아니고 마도제일뇌께서 계획하신 일입니다. 게다가 천마대가 아무리 천마신교의 으뜸가는 전력을 지니고 있다고 해도 복천회의 전력을 감당할 수준은 아닙니다. 어림도 없는 일이지요."

"문제는 무공을 모르는 식솔들까지 함께 이동을 해야 한다는 것이다. 놈들이 작심하고 방해를 한다고 하면 많이 지체될 것이야. 그리되면……."

말끝을 흐린 독고무가 술잔을 비웠다.

동종유가 빈 잔에 술을 따르며 말했다.

"다 감안하여 세워진 계획입니다. 정확히 알 수는 없지만 계획대로라면 오히려 천마대를 쓸어버린 후, 항주를 떠날 수 있다고 하였습니다. 게다가 진 공자님께서 움직이지 않으셨습니까? 너무 걱정하지 마십시오. 그분이라면 분명 뭔가 방법을 만들어 내실 겁니다."

"믿고 있다. 하지만 항주로 북상하는 적의 전력이 너무도 막강하다는 것이 걱정이다. 솔직히 이런 기대를 한다는 것 자체가 녀석에게 큰 짐을 지우는 것이지."

진유검이 아무리 뛰어난 무공을 지녔다고 해도 북상하고 있는 천마신교 주력의 숫자는 사백이 훨씬 넘는다.

말이 좋아 사백이지 그 정도 숫자에 훈련 또한 잘되어 있다는 것을 감안하면 강남 일대를 초토화시킬 수 있을 정도의 전력이었다.

그런 엄청난 전력을 진유검 홀로 막겠다고 움직인 것이었으니 친우에 대한 믿음이 아무리 크다 해도 걱정이 되는 것은 당연한 이치였다.

"소식은 없는 건가?"

"예, 사실상 연락할 방법이 없습니다."

"그렇군."

독고무가 약간은 상심한 얼굴로 고개를 끄덕이다 문득 생각난 듯 말했다.

"그나저나 만났는지는 모르겠군."

"전 공자를 말씀하시는 겁니까?"

"그래, 설마하니 그 몸을 해서 뒤를 쫓아올 줄은 몰랐지. 아무튼 만났으면 좋겠는데 말이야."

독고무가 뒤늦게 자신을 쫓아와서는 불같이 화를 내면서 온갖 욕설을 퍼붓고 진유검을 쫓아간 전풍을 떠올렸다.

"걱정 마십시오. 천하가 아무리 넓다고 해도 두 분은 꼭 만날 수 있을 것 같다는 생각이 듭니다."

"그렇지? 나도 그렇게 생각한다."

어쩌면 복천회의 운명이 걸린 밤, 우울하기만 했던 독고무의 얼굴에 잠시 화색이 돌았다.

*　*　*

백운평 서북쪽.

복천회의 주력이 백운평 쪽으로 이동 중이라는 정보를 입수한 천마신교의 선발대는 즉시 움직였다.

상대가 눈치채지 못하도록 최대한 우회를 하였음에도 엄청난 기동력으로 복천회보다 한발 먼저 백운평에 도착할 수 있었다.

억새가 만발하면 그야말로 새하얀 구름이 펼쳐지는 것 같다고 하여 백운평이란 이름이 붙었을 정도로 드넓은 억새밭.

아직 만발을 하지 않았음에도 짙은 구름 사이로 간간히 얼굴을 내미는 달빛에 빛나는 은빛 물결은 그야말로 장관이었다.

"놈들은 어디쯤 오고 있다더냐?"

백운평에 도착한 혈천마부가 숨 돌릴 틈도 없이 물었다.

"마지막 전갈을 받았을 당시 백운평에서 십 리 떨어진 곳이라 하였으니 이제 곧 도착할 때가 되었습니다."

천마대주 천목심이 척후들을 지휘하는 고역에게 잠시 시선을 두며 답했다.

"불확실하다. 놈들이 어디까지 온 것인지 정확하게 확인을 하여라."

"예."

궁일로의 말에 깊게 허리를 꺾은 고역이 물러날 찰나 흑갈색 담비 한 마리가 억새를 빠르게 헤집으며 달려왔다.

척후들이 연락 수단으로 데리고 다니는 담비임을 확인한 고역이 재빨리 안아 들고는 발에 묶인 전서를 펼쳐 읽었다.

"뭐라 적혀 있느냐?"

혈천마부가 잠깐을 기다리지 못하고 물었다.

"일각 후 백운평 도착이라 적혀 있습니다."

"옳거니! 드디어 왔구나!"

혈천마부가 적부(赤斧)를 꽉 움켜쥐며 소리쳤다.

"말씀드린 대로 지금 즉시 병력을 셋으로 나누는 것이 좋겠습니다."

궁일로가 약간은 흥분된 어조로 말했다.

"그리하지. 중앙은 내가 맡을 것이야. 자네들이 좌우로 우회를 하게나."

혈천마부의 말에 궁일로와 어깨를 나란히 하고 있던 장로 육암(陸巖)이 고개를 끄덕였다.

"제가 우측으로 가지요."

육암의 말에 궁일로가 이미 셋으로 나뉜 천마대를 바라보며 말했다.

"그럼 내가 왼쪽이로군."

"각 조장이 장로님을 모실 겁니다."

천목심의 말에 천마대 오조 조장 이사연이 궁일로를 향해 허리를 꺾었고 사조 조장 하회가 육암에게 예를 차렸다.

"바로 움직이게. 최대한 은신을 하고 있다가 신호와 동시에 쳐야 할 것이야."

"무엇을 신호로 삼으실 생각이신지요?"

궁일로가 물었다.

잠시 생각을 하던 혈천마부가 귀신의 형상이 새겨져 있는 적부를 흔들며 말했다.

"누군가 재수없는 놈의 비명 소리로 하지."

주변으로 소리 없는 웃음이 퍼져 나갔다.

"공격은 최대한 무자비하게. 퇴각은 궁 장로가 말한 대로 공격이 시작되고 반각 이내에 하도록 하지."

"명심하겠습니다."

궁일로와 육암을 필두로 병력을 이끌게 될 주요 인물들이 일제히 대답했다.

"그럼 시작해 보자고."

만족한 웃음을 지은 혈천마부가 억새밭을 향해 천천히 몸을 돌렸다.

천목심이 수하들을 이끌고 조용히 그 뒤를 따르자 궁일로와 육암 역시 자신들에게 배속된 병력을 이끌고 은밀히 움직였다.

혈천마부가 은신한 곳은 백운평의 중심에서 약간 위로 치우친 곳으로 비교적 짧은 주변의 억새와는 달리 그곳의 억새는 키도 크고 유난히 우거져 은신을 하기에 더없이 좋았다.

게다가 가금씩 얼굴을 내밀던 달마저도 구름에 완전히 가려진 상태였다.

최대한 기척을 죽이고 은신하기를 얼마간, 두 눈을 감고 전신의 감각을 극대화시키고 있던 혈천마부의 눈이 번쩍 떠졌다.

"온다."

혈천마부의 말에 바로 뒤에 대기하고 있던 천목심이 수하들을 향해 재빨리 수신호를 보냈다.

적이 눈치채지 못하도록 더욱 주의하고 더불어 이어질 공격에 대비하라는 신호였다.

남쪽 하늘이 조금씩 밝아졌다.

적이 언제, 어디서 공격을 해올지 모르는 상황에서 횃불을 켜고 이동을 한다는 것은 더없이 어리석은 짓이었으나 무공을 모르는 아녀자들과 움직이기 위해선 어쩔 수 없는 조치리라.

적이 지근거리까지 접근한 것을 확인한 혈천마부가 천천히 몸을 일으켰다.

들킬 염려는 없었다.

거의 사람 키에 이르는 억새와 칠흑 같은 어둠, 그리고 적이 들고 있는 횃불은 오히려 자신의 모습을 완벽하게 가려줄 터였다.

가볍게 심호흡을 한 혈천마부가 피를 원하는 듯 가볍게 떨리는 적부의 첫 번째 희생양이 될, 더불어 기습 공격의 신호가 될 비명의 주인을 탐색했다.

가장 앞서 횃불을 들고 있는 사내를 점찍은 혈천마부가 잔인한 살소를 지으며 적부를 던지려는 찰나 갑자기 요란한 파공성과 함께 수십여 발의 폭죽이 하늘로 솟구치더니 화려한 폭발을 일으켰다.

폭발의 순간은 짧았지만 수십 발의 폭죽이 한꺼번에 터지자 백운평이 대낮처럼 환해졌다.

당황한 혈천마부가 멈칫하는 사이 정체를 알 수 없는 물건이 그를 향해 맹렬히 날아들었다.

그것이 십여 년 전에 석 달이 넘도록 자신을 병석에 눕게 만든 혈륜(血輪)이라는 것을 코앞에서 확인한 혈천마부가 그대로 몸을 날려 혈륜을 피해냈다.

그 바람에 피해를 본 것은 그의 뒤를 따르던 천마대였다.

누구보다 생존 본능이 뛰어났던 천목심은 혈천마부가 몸을 날리는 것과 동시에 납작 엎드려 위기에서 벗어났으나 그의 수하들은 그렇지 못했다.

설마하니 혈천마부가 그렇게 몸을 피해 버릴 줄은 상상도 하지 못했던 천마대는 억새를 쓸어버리며 일직선으로 날아든 혈륜에 무방비 상태로 노출되었다.

"크아아악!"

"으아악!"

싸움의 시작을 알리는 첫 비명이 백운평을 뒤흔들었다.

비명의 주인은 복천회가 아니라 천마신교의 몫이었다.

공격 신호와 함께 복천회 좌우에서 병력이 밀려들었다.

하지만 지금 공격을 하는 병력들은 복천회 무인들의 정확한 위치는 물론이고 그 수도 제대로 파악을 못한 상태였다.

하늘로 치솟는 폭죽과 폭발에 정신이 팔려 정작 중요한 복천회의 움직임을 간과한 것이다.

그들과는 반대로 폭죽을 쏘아 올리는 것과 동시에 사방으로 흩어져 은신한 복천회의 무인들은 이미 그들의 움직임을 완벽하게 꿰뚫고 있었다.

사도은의 명령으로 항주 인근에 퍼져 있던 흑무각의 거의 모든 요원을 격살하고 천마대의 척후마저 제거하거나 사로잡은 복천회는 사로잡은 척후들을 이용해 적을 철저하게 기만했다.

전서구를 주고받은 것은 물론이고 조금 전, 친절하게 담비를 보내 주력이 백운평에 도착했음을 알려준 것 역시 천마대의 척후를 사로잡은 복천회의 계략이었다.

사실상 철저하게 감시를 받은 것은 복천회가 아니라 천마신교였던 것이다.

특히 일부 병력은 이미 이틀 전부터 백운평에서 함정을 파고 적을 기다리고 있었으니 궁일로와 육암이 이끄는 천마대원들을 오히려 후미에서 공격하는 병력이 바로 그들이었다.

"오랜만이다, 혈천마부."

혈륜을 날려 혈천마부의 공격을 막고 오히려 열 명에 가까운 천마대원을 단숨에 격살한 혈륜전마가 적들의 피로 물든 혈륜을 회수하며 다가왔다.

"그래, 오랜만이다, 혈륜전마!"

꼴사납게 땅바닥을 뒹군 것이 자존심이 상했는지 적부를 꽉 움켜쥐는 혈천마부의 얼굴은 잔뜩 일그러져 있었다.

"이날을 얼마나 기다렸는지 모른다. 이날을!"

혈륜전마가 안대로 가린 눈을 어루만지며 소리쳤다.

십수 년의 세월이 흘렀음에도 아직도 그때의 고통을 느끼는 듯했다.

"쯧쯧, 조용히 처박혀 살았으면 좋았을 것을. 그랬다면 한쪽 눈깔은 보존했을 텐데 말이다."

혈천마부가 살기 띤 얼굴로 적부를 치켜세웠다.

"남은 눈깔마저 확실하게 빼주마"

말이 끝나기도 전 답례라도 하듯 혈륜이 날아들었다.

가소롭다는 듯 코웃음을 친 혈천마부가 적부를 휘둘렀다.

혈륜과 적부가 허공에서 부딪치기 직전 하나로 보였던 혈륜이 세 개로 흩어지며 적부를 회피했다.

그런 움직임을 예상이라도 한듯 갑자기 방향을 튼 적부가 두 개의 혈륜을 가볍게 쳐냈다.

마지막 남은 하나의 혈륜이 혈천마부를 위협하기 위해 접근했으나 그마저도 소매단을 휘둘러 막아냈다.

"예나 지금이나 똑같구나. 같은 수법에 당할 줄 아느냐!"

혈천마부가 비릿한 웃음을 흘리며 소리쳤다.

혈륜전마가 튕겨져 나오는 혈륜을 회수하며 말했다.

"그저 시험을 해봤을 뿐이다. 그동안 놀고먹지는 않았구나."

"아무렴. 네놈 눈깔을 마저 취하기 위해서라도 그럴 수야 없지! 타핫!"

힘찬 기합성과 함께 돌진하는 혈천마부.

육중한 덩치와 핏빛으로 빛나는 적부를 휘둘러대는 혈천마부의 모습은 엄청난 위압감을 뿜어냈다.

힘에선 혈천마부를 감당하지 못한다는 것을 알고 있던 혈륜전마가 좌우로 몸을 흔들며 뒷걸음질 쳤다.

혈륜전마의 움직임이 자신의 공격을 피해 도주하는 것이 아니라 반격을 위한 준비라는 것을 알고 있음에도 혈천마부는 전혀 개의치 않고 속도를 높였다.

혈륜전마 같은 고수를 상대함에 있어 신중함도 중요했지만 기세를 잃지 않는 것 또한 승패에 결정적인 영향을 미치기 때문이었다.

깡!

혈륜과 적부가 허공에서 부딪쳤다.

적부에 담긴 힘을 이기지 못한 혈륜이 힘없이 튕겨져 나갔다.

자신의 움직임에 전혀 미혹되지 않고 우직하게 공격을 펼치는 혈천마부를 보며 미간을 찌푸린 혈륜전마가 손에 든 혈륜을 모조리 뿌렸다.

방금 전 잃은 혈륜을 제외하고 무려 일곱 개의 혈륜이 혈천마부를 향해 날아갔다.

'저 늙은이도 확실히 실력이 늘었군.'

과거 자신에게 치명상을 입혔을 때 사용했던 혈륜이 다

섯 개였다.

그보다 두 개나 많은 혈륜이 사방에서 들이치자 혈천마부도 긴장한 모습이 역력했다.

그나마 미리 하나를 제거했기에 망정이지 그렇지 않았다면 여덟 개의 혈륜을 상대할 뻔했다.

숫자로는 하나밖에 차이가 나지 않지만 위력 면에선 아마도 큰 차이가 있었으리라.

위기를 직감한 혈천마부가 뒤쪽 허리춤으로 손을 뻗어 작은 손도끼를 꺼내 들었다.

혈륜전마는 혈천마부의 손에 들린 손도끼를 보며 인상을 구겼다.

그가 알기로 혈천마부는 하나의 도끼만을 사용했다.

새롭게 꺼내 든 도끼의 크기가 작다고는 해도 위력이 떨어질 이유는 없었고 그것을 사용하는 사람이 혈천마부라면 오히려 더 위험할 수가 있었다.

그것을 증명이라도 하듯 새롭게 등장한 손도끼는 매섭게 들이치는 혈륜을 막아내는 데 결정적인 역할을 했다.

크기가 작기에 움직이기가 편했고 무엇보다 빨랐기에 사방에서 들이치는 혈륜을 막아내기에 그보다 더 좋은 무기는 없는 듯싶었다.

손도끼로는 혈륜을 막아낸 혈천마부가 곧바로 역공을 펼

쳤다.

"크으."

혈륜전마의 입에서 나직한 신음이 흘러나왔다.

그의 왼쪽 팔이 선혈로 뒤덮였다.

뼈가 부러지거나 잘려 나간 것은 아니라 해도 살이 쩍 갈라진 것이 결코 가볍지 않은 상처였다.

사방으로 붉은 피가 뿌려졌으나 혈륜전마는 지혈할 여유도 없었다.

기회를 놓치지 않겠다는 듯 혈천마부의 공격이 한층 더 매서워졌기 때문이다.

적부가 허공을 가르며 내는 파공성에 막 구름 사이로 얼굴을 내밀던 달빛이 서둘러 모습을 감췄고 부드럽게 흔들리던 억새마저 숨을 죽였다.

'오늘 이후, 과거의 오명을 씻겠다.'

왼손에는 손도끼를 오른손엔 적부를 든 혈천마부의 전신에선 이전과는 비교도 되지 않을 정도로 무시무시한 기세가 뿜어져 나왔다.

혈륜전마는 과거보다 훨씬 강해진 혈천마부를 보며 어쩌면 패할 수도 있겠다는 위기감을 느꼈다.

'그런 일은 절대로 없다.'

스스로에게 다짐하듯 손에 들린 혈륜을 꽉 움켜잡았다.

손도끼를 빙글빙글 돌리며 달려드는 혈천마부를 향해 다섯 개의 혈륜이 날아갔다.

영활하게 움직이는 손도끼가 접근하는 혈륜을 모조리 쳐냈다.

혈륜전마가 손도끼에 막혀 힘없이 튕겨져 나오는 혈륜을 그대로 걷어찼다.

손으로 던졌을 때보다 다소 정확성은 떨어졌지만 속도나 위력에서 이전과 비할 바가 아니다.

혈천마부는 엄청난 속도로 짓쳐 드는 혈륜의 움직임에도 전혀 개의치 않고 적부를 휘둘렀다.

혈륜을 걷어차느라 적부의 사정거리를 벗어날 수 없었던 혈륜전마가 정수리로 떨어지는 적부를 향해 양손을 뻗었다.

태산마저 단숨에 쪼개 버릴 것 같은 힘이 담긴 적부가 혈륜전마의 머리 바로 위에서 멈췄다.

"크으으!"

양손에 든 혈륜을 이용해 합장하듯 간신히 적부를 잡아낸 혈륜전마의 관자놀이에서 굵은 핏대가 꿈틀댔다.

조금이라도 밀리면 그대로 몸이 쪼개지는 상황.

혈륜전마의 움직임을 완벽하게 봉쇄한 혈천마부가 좌우에서 쇄도하는 혈륜을 향해 손도끼를 휘둘렀다.

깡! 깡! 깡!

혈륜전마와 수세에 놓인 상황에서 혈륜은 손도끼의 힘을 감당하지 못했다.

역동감 넘치는 움직임을 보여주던 혈륜이 하나둘 박살 나며 땅에 떨어졌다.

"이제 그 눈깔을 가져갈 차례구나."

마지막 혈륜마저 박살 낸 혈천마부가 괴소를 흘리며 손도끼를 흔들었다.

다섯 개의 혈륜을 박살 냈음에도 손도끼의 날에는 흠집조차 없었다.

손도끼가 혈륜전마의 눈을 노리며 천천히 접근했다.

꿈속에서까지 고대하던 적의 최후를 눈앞에 둔 지금, 즐기는 듯 느릿느릿 손도끼를 움직이는 혈천마부의 눈엔 희열이 가득했다.

손도끼가 지척에 이르자 더 이상 버티지 못한 혈륜전마가 몸을 뒤로 눕혔다.

위에서 짓누르는 적부의 힘을 감당하지 못하고 몸이 완전히 뒤로 넘어갔다.

혈천마부는 최후의 순간이라 여기며 한층 힘을 실었다.

땅바닥에 등이 닿기 전, 혈륜전마가 적부를 힘껏 밀었다.

잠시 움찔하던 적부는 오히려 더 강한 힘으로 혈륜전마를 찍어 눌렀다.

바로 그 순간, 상대의 힘에 더해 재빨리 혈륜을 놓은 혈륜전마가 혈천마부의 가랑이 사이로 몸을 뺐다.

설마하니 천하의 혈륜전마가 그런 식으로 도망을 친다고는 전혀 생각하지 못한 혈천마부가 어이없다는 표정으로 고개를 돌렸다.

반격을 걱정하거나 하지는 않았다.

혈륜을 모조리 잃은 혈륜전마가 지금 당장 할 수 있는 것이라곤 그저 자신의 손을 피해 도망치는 것뿐이었으니까.

하지만 미처 고개를 돌리기도 전, 허리에 엄청난 충격이 느껴지면서 전신에 형언할 수 없는 고통이 밀려들었다.

어찌 된 영문인지 파악도 못하는 사이 조금 전과는 비교도 할 수 없을 정도로 큰 고통이 또다시 밀려들며 몸이 앞으로 급격하게 쏠렸다.

적부를 땅에 내리꽂은 다음에야 겨우 몸에 중심을 잡은 혈천마부는 아랫배를 뚫고 나온 붉은 륜을 보며 비로소 고통의 원인을 알 수 있었다.

"이, 이게 어떻게……."

혈천마부는 자신의 뒤쪽 허리에서 아랫배를 관통한 혈륜

을 보며 이해할 수 없다는 표정을 지었다.

적부를 막던 두 개의 혈륜은 방금 전에 땅에 떨어졌고 나머지 혈륜은 손도끼에 의해 모조리 파괴가 되었다.

한데 대체 어디서 또 다른 혈륜이 튀어나온 것인지 도저히 이해가 가지 않았다.

생각은 이어질 수가 없었다.

천천히 몸을 일으킨 혈륜전마의 손에 그가 놓친 손도끼가 들린 것을 본 것이다.

"빌어… 먹을!"

혈천마부는 마지막 욕설과 함께 자신의 무기에 의해 목이 잘리는 수모를 겪고 말았다.

사방으로 흩뿌려지는 피 분수, 힘없이 무너지는 혈천마부의 몸을 보며 혈륜전마의 입에선 긴 탄식이 흘러나왔다.

복수를 했음에도 전혀 개운치 않았다.

자신이 무영도에서 독고무와 함께 권토중래(捲土重來)를 꿈꾸는 동안 적자생존의 삶이 이어지는 천마신교에서 치열한 삶을 누리던 혈천마부는 과거와는 비교도 되지 않을 정도로 실력을 키웠다.

엄밀히 말하자면 이번 싸움은 혈천마부의 승리였다.

절체절명의 순간에 혈천마부가 맨 처음 튕겨내 버린 혈

륜을 생각하지 못했다면, 죽을힘을 다해 땅에 떨어진 혈륜을 움직이고 혈천마부의 가랑이 사이로 몸을 빼는 것과 동시에 날아온 혈륜을 상대의 허리에 박아 넣지 못했다면 지금의 승리는 있을 수가 없었다.

아니, 애당초 혈천마부가 방심하지 않고 빠르게 승부를 보려고 했다면 반전의 기회 자체가 있을 수 없는 상황인 것이다.

혈천마부의 방심을 이용하여 힘겹게 승리는 거두었으나 기쁨보다는 패배감이 더 컸다.

더불어 복천회의 힘만으로 천마신교를 상대한다는 것이 얼마나 어려운 것인지를 새삼 깨닫게 되었다.

애써 상념을 지우려 고개를 흔든 혈륜전마가 전장으로 고개를 돌렸다.

싸움은 이미 끝이 난 상태였다.

기습이 실패하고 오히려 매복에 걸렸다는 것을 확인했을 때부터 퇴로 확보를 위해 전력을 다하던 궁일로는 혈천마부가 혈륜전마에게 쓰러진 것을 확인하자마자 즉시 몸을 빼며 퇴각을 명령했다.

궁일로의 기민한 움직임으로 인해 함정에 빠진 것치고는 제법 많은 이가 빠져나갈 수 있었으나 그 또한 아군의 피해를 줄이려는 사도은의 계략일 뿐 위기를 완전히 벗어난 것은 아니었다.

싸움이 끝난 것을 알았는지 구름 사이로 달빛이 쏟아지기 시작했다.

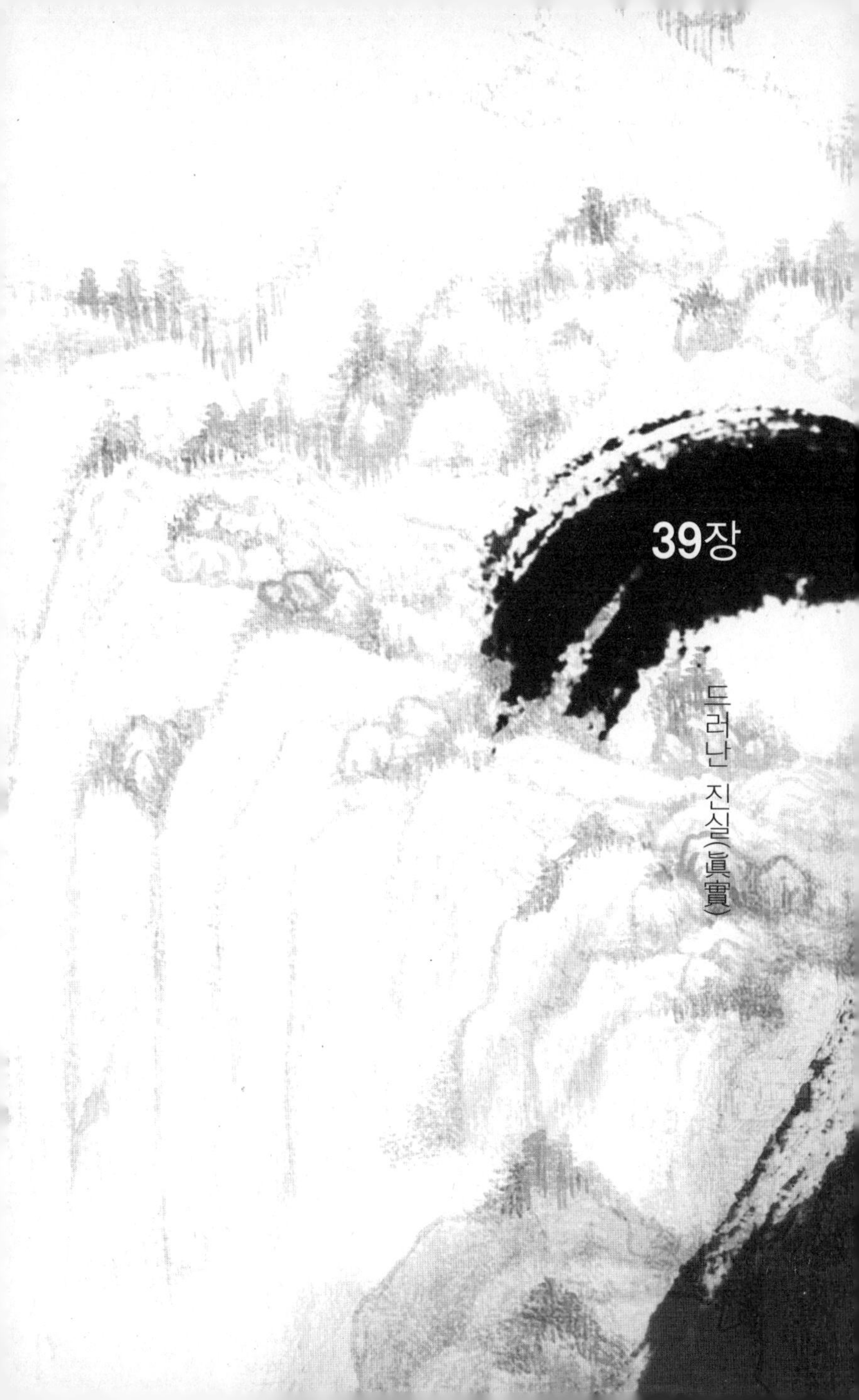

39장

드러난 진실(眞實)

"무, 무슨 짓을 하려는 것이냐?"

공손은은 진유검이 여전히 정신을 잃고 있는 청송을 향해 접근하자 하얗게 질린 얼굴로 소리쳤다.

방금 전, 그녀는 진유검이 괴이한 사술로 두 명의 수하를 조종하는 것을 똑똑히 보았다.

사술에 사로잡힌 수하들은 자신들이 알고 있는 모든 사실을 토설한 뒤 정신이 붕괴가 된 것인지 하나같이 미치광이가 되어버렸다.

어차피 그들이 알고 있는 사실 자체가 한정적이었기에

큰 문제는 없었지만 사술에 당한 후유증으로 미치광이가 되어버리는 것은 실로 큰 공포였다.

"확실히 이런 조무래기들에겐 얻을 것이 별로 없군. 역시 중요한 정보를 알고 있는 사람은 따로 있는 법이지."

진유검은 별다른 의미 없이 미소를 지은 것이지만 그걸 바라보는 공손은은 그렇지 않았다.

그녀는 전신을 부들부들 떨 정도로 두려움과 공포에 사로잡혔다.

그럼에도 품에 안은 청송을 놓치진 않았다.

"공손설악이던가. 일전에 그자에게 똑같은 수법을 쓴 적이 있소. 이런저런 얘기를 듣기는 했지만 금제가 걸려 있었는지 결정적으로 중요한 몇 가지는 들을 수가 없었지."

"서, 설악 오라버니는 어찌 되었느냐?"

공손설악을 비롯하여 의협진가를 공격했던 루외루의 모든 병력이 몰살했다는 것을 알고 있으면서도 공손은이 자신도 모르게 묻고 말았다.

"뭐, 생각한 것과 비슷하오."

진유검의 시선이 미쳐 발광하다 쓰러진 수하들에게 향하자 공손은의 두 눈이 파르르 떨렸다.

"어차피 핵심 비밀에 접근할 수 없다는 것은 아오. 하지만 그렇지 않은 정보는 충분히 얻을 수 있소. 보았듯이 그대가 원하건 원하지 않든 나는 내가 원하는 대답을 다 들을 수 있단 말이오. 다만 그렇게 하지 않는 것은……."

잠시 말을 끊은 진유검이 공손은과 그녀의 품에 안긴 청송을 지그시 바라보았다.

공손은이 품에 안은 청송을 보호하듯 몸을 돌렸다.

"제안을 하나 하겠소."

고개를 돌린 공손은은 별다른 대꾸를 하지 않았지만 그녀의 몸짓에서 대답을 읽은 진유검이 천천히 말을 이었다.

"루외루의 비밀에 대해선 묻지 않겠소. 어차피 묻는다고 해도 들을 수 없다는 것은 이미 경험을 했으니. 대신 그저 몇 가지 일에 대해서만 설명해 주시오."

진유검이 흉험한 표정으로 주변을 에워싸고 있는 천마신교 제자들을 힐끗 바라보았다.

"루외루와 천마신교의 관계에 대해서 말을 해주시오. 그렇다면 두 사람은 무사히 보내주겠소."

"그런 일은……."

공손은의 얼굴이 당혹스러워졌다.

"거부하면 그 대가가 어떠할지 깊게 생각한 다음 대답하는 것이 좋을 거요. 두 번의 기회는 없으니까. 솔직히 난 아쉬울 것이 전혀 없다는 것을 알았으면 좋겠소. 그대의 대답과는 상관없이 원하는 것을 얻을 수 있으니 말이오."

진유검이 차가운 눈빛으로 청송을 응시하자 공손은의 몸이 절로 움츠러들었다.

진유검의 말에 거짓이 없다는 것은 그녀 스스로가 잘 알고 있었다.

눈앞에서 수하 둘이 모든 것을 토설하고 미치광이가 된 것도 직접 보았다.

진유검의 말대로 그가 마음만 먹는다면 자신은 물론이고 부상당한 청송의 정신을 제압하여 원하는 것을 듣는 것은 문제도 아니었다.

다만 어째서 자신과 청송에게만 호의를 베푸는 것인지 이해가 가지 않았다.

그녀가 불안한 눈초리로 바라보자 마치 그녀의 마음을 들여다보고 있다는 듯 진유검이 부드럽게 웃으며 말했다.

"내가 여인에겐 모질지 못하오. 더구나 사랑하는 사람을 지키기 위해 애쓰는 여인에겐 더욱 그렇소."

그의 말이 끝나기도 전에 어디선가 격한 야유의 음성이 터져 나왔다.

"하이고! 성인군자 나셨네. 이젠 별 말 같지도 않은……."

누구의 음성인지는 굳이 확인을 할 필요도 없었다.

진유검이 떫은 웃음을 흘리며 넌지시 경고했다.

"저렇듯 내 마음과 같지 않은 사람이 대부분이오. 시간을 끌수록 상황은 악화될 터. 마지막으로 묻겠소. 제안을 받아들이겠소?"

공손은이 뭔가에 끌리듯 고개를 끄덕이자 초조하게 지켜보던 수하 하나가 소리를 질렀다.

"아, 안 됩니다, 아가씨! 루를 배신하면 안 됩니… 크악!"

사내는 미처 말을 끝내지도 못하고 진유검이 날린 무영지에 미간이 뚫려 숨이 끊어지고 말았다.

"쓸데없이 나서지 마라. 한 번 더 나서는 자가 있다면 모두가 죽는다."

진유검은 포로로 잡힌 이들에게 싸늘히 경고한 후, 모든 것을 체념한 듯한 표정을 짓고 있는 공손은에게 말했다.

"처음부터 묻지 않겠다고 했으니 루외루에 대해선 생략하겠소. 대시 지금부터 내가 묻는 것에 대해선 정확하게 말을 해주는 것이 좋을 거요. 서로에게 불행한 일이 생기지 않도록. 자, 그럼 묻겠소. 천마신교가 그대에게, 아니, 루외루에겐 어떤 의미인 거요?"

공손은은 딱딱하게 굳은 얼굴을 하고 현 상황을 지켜보고 있는 수라노괴와 고루마종을 잠시 바라보곤 한 마디로 대답했다.

"종복."

"다, 닥쳐라, 계집! 감히 천마신교를 어찌 보고 그따위 망발을 입에 담느냐!"

고루마종이 불같이 화를 내며 당장에라도 손을 쓸듯 앞으로 나섰다.

고루마종의 팔을 잡은 수라노괴가 고개를 저었다.

"조금 만 더 들어보기로 하지."

"듣기는 뭘 듣는단 말인가! 저런 말도 되지 않는 소리를!"

"루외루. 소문으로만 떠돌던 신비지문이 우리 앞에 나타났네. 의협진가에서 벌어진 일과 청송이란 놈의 실력을 감안했을 때 그것이 거짓이 아님은 분명하고. 또한 저놈들의 낯짝을 보아하니 본교에도 깊게 뿌리를 박고 있음이야."

수라노괴가 두려움에 떨며 고개를 푹 숙이고 있는 조구와 관착을 노려보며 말했다.

"게다가 명색이 군사라는 자와 흑무각의 수장이 바로 밑의 수하들이 간자라는 것을 눈치채지 못했다는 것이 말이 된다고 보는가?"

수라노괴의 말을 금방 이해한 고루마종의 얼굴이 확 일그러졌다.

"그, 그럼 그놈들도……."

"틀림없을 걸세. 사실상 본교의 모든 것을 관장하는 군사와 정보를 한 손에 틀어쥐고 있는 수장이 간자라는 말이니 이 얼마나 어처구니없는 일인가? 하니 더 들어봐야 하겠네. 본교가 얼마나 썩었는지를."

피가 나도록 입술을 깨문 수라노괴가 묵묵히 듣고 있던 진유검을 향해 말했다.

"끊어서 미안하군. 우린 신경 쓰지 말고 계속하게. 아무래도 우리를 위해서 지금과 같은 상황을 벌이는 것 같은데."

가볍게 어깨를 으쓱이는 것으로 답을 대신한 진유검이 공손은을 향해 다시 물었다.

"한 집단에 두 명의 우두머리는 존재하지 않는 법. 천마신교를 종복이라 칭한다는 것은 현 교주가 그대의 수하라 말하는 것이오?"

"수하라기보다는 그저 우리의 마음대로 움직이는 허수아비라고 해두지요."

진유검의 손에 생사여탈이 달려서인지 공손은의 음성이 이전과는 달리 다소 조심스러워졌다.

"무황성과 함께 천하를 양분하는 천마신교의 교주요."

진유검이 약간은 과장된 반응을 보이자 공손은이 금방이

라도 폭발할 듯 자신을 노려보는 천마신교의 제자들을 가소롭게 둘러보며 차디찬 비웃음을 흘렸다.

"얼마 전 제 앞에서 무릎을 꿇고 죄를 청했던 자이기도 하지요. 애당초 본 루의 도움이 없었다면 교주라는 자리는 꿈도 꿔보지 못할 정도의 위인입니다."

"다, 닥치지 못할까! 네년이 지금……."

고루마종의 눈에서 귀화가 피어올랐다.

"그렇다는 것은."

진유검이 고루마종의 말을 끊었다.

"십수년 전, 천마신교에서 벌어진 역천(逆天)에도 관여했다는 말로 들리오만."

묻는 진유검의 음성이 살짝 떨렸다.

그것을 느낀 것인지 조금 전과는 달리 공손은이 한층 차분해진 눈빛으로 말했다.

"물론이죠. 그렇지 않았다면 그가 교주 자리에 오를 이유는 없었으니까요."

원하던 답을 얻은 진유검이 가볍게 심호흡을 하며 엄청난 충격을 받은 듯 보이는 수라노괴와 고루마종을 향해 고개를 돌렸다.

"그렇다더군요. 제가 듣기로 당시 역천을 한 명분이라는 것이 교주가 무황성과 결탁할 정도로 심지가 약하고 나약

한데다가 심지어 광증까지 있었기에 새로운 교주를 옹립하여 다시금 강력한 천마신교를 만든다는 것이었습니다. 맞습니까?"

진유검은 자신의 물음에 아무런 대답도 없자 입가에 비웃음을 가득 머금었다.

"뭐, 외형상으론 그렇게 된 것 같기는 하지만 어떨까요? 결국 누군가의 계략에 넘어가 한낱 주구로 전락해 버린 셈이군요. 강력한 천마신교라 했습니까?"

진유검의 표정과 음성이 싸늘해졌다.

"개나 줘버리쇼!"

난데없는 욕설을 들었음에도 수라노괴는 물론이고 고루마종 조차 뭐라 반박을 하지 못했다.

진유검이 다시 공손은에게 시선을 돌렸다.

"하나만 더 묻겠소. 당시 교주였던 분이 무척이나 나약했고 심지어는 광증까지 있다고 했는데 그건 사실이오?"

진유검의 눈빛엔 루외루가 그렇게 만든 것은 아니냐는 의심이 깃들어 있었다.

"사실이에요. 우리가 그렇게 만들었으니까."

모든 것을 포기한 것인지 아니면 어차피 드러난 비밀에 대해서 굳이 감출 것이 없다고 여긴 것인지 공손은은 숨기지 않고 대답해 줬다.

"포섭된 자도 많았을 것 같소만."

"물론이죠. 한두 사람으로 천마신교를 장악한다는 것은 불가능한 일이니까요."

"어떤 놈들이냐? 어떤 놈들이 천마신교를 배반한 것이냐?"

고루마종이 핏발선 눈으로 소리쳤다.

공손은은 그런 고루마종의 반응에 코웃음을 쳤다.

"가장 앞장서서 주군을 배반한 자가 배반 운운한다는 것이 우습네."

"그, 그건 네년들의 계략에……."

"닥쳐! 생긴 것만큼이나 낯짝도 두껍군. 그것이 자의든 계략에 의한 것이든 배반은 배반일 뿐. 변명의 이유가 되지 않는다. 그렇지 않아, 수라노괴?"

공손은이 더없이 침통한 표정을 짓고 있는 수라노괴를 마음껏 조롱했다.

수라노괴의 입에서 괴로움 가득한 신음이 흘러나왔다.

"당시 상황을 떠올려 보건데 누가 루외루의 간자인지 그들에게 포섭된 자들인지 대충 짐작은 간다. 하지만 이 늙은이가 또한 역천의 주역. 입이 백 개라도 무슨 할 말이 있겠는가!"

수라노괴의 장탄식에 설마하는 표정을 지켜보던 천마신

교 제자들은 말을 잃고 말았다.

지금껏 그들은 역천의 정당성에 대해서 뇌리에 각인이 될 정도로 교육을 받았다.

한데 그 모든 것이 루외루의 음모이자 간자들의 계략이라는 것이었으니 오롯이 천마신교에 대한 충성심으로 가득한 그들이 받는 충격은 엄청난 것이었다.

"대충 원하는 대답은 얻은 것 아닌가요?"

공손은이 진유검을 향해 물었다.

천마신교 제자들의 반응을 살피던 진유검이 고개를 끄덕이자 공손은이 약간은 불안한 얼굴로 입을 열었다.

"그러면 약속은……."

"약속은 지킬 것이오. 이곳을 떠나도 좋소."

공손은의 얼굴이 환해졌다.

"단, 두 사람뿐이오. 나머지는 불가하오. 그대의 말이 정확한지 몇 가지 확인도 해봐야 하고."

"저들이 아는 것은 아무것도 없어요."

당황한 공손은이 침통한 표정으로 고개를 푹 숙이고 있는 수하들을 살피며 고개를 저었다.

"우두머리들은 그래도 조금은 더 알고 있을 것이라 생각하오. 천마신교 내에 있는 간자도 더 찾아야 하고. 아무튼 저들이 희생해야 두 사람이 살 수 있소. 모두는 아니오."

진유검이 루외루에 대한 분노로 활화산처럼 들끓기 시작하는 천마신교 제자들의 분위기를 슬쩍 인식시켰다.

공손은이 쉽게 말을 못하자 수하 중 하나가 단호한 음성으로 말했다.

"저희는 걱정하지 마시고 당장 이곳을 떠나십시오."

"하지만……."

"아가씨를 죽음으로 모시는 것이야말로 저희의 임무였습니다만 임무는 실패했고 두 분께 이런 모욕스런 상황을 맞게 만들었습니다. 이 죄는 백 번 천 번을 죽어도 씻지 못할 것입니다. 그나마 두 분께선 구명의 길을 찾으셨으니 이런 다행히 없습니다. 웃으며 죽을 수 있게 되어 저희는 얼마나 기쁜지 모릅니다."

충성심 가득한 수하의 말에 옆에 있던 몇몇 동료도 환한 웃음을 지었다.

그에 반해 포박당한 대다수의 사람은 죽음의 공포에 덜덜 떨고 있었는데 공손은 또한 그들에 대해선 아예 신경조차 쓰지 않았다.

스스로 죽음을 택하겠다는 수하와 잠시 동안 시선을 맞춘 공손은은 결심을 굳힌 듯 무겁게 고개를 끄덕였다.

"오늘의 일, 영원히 잊지 않겠다. 그리고 반드시……."

복수라는 말은 차마 꺼내지 못했지만 그녀의 수하들은

그녀의 말을 충분히 알아들은 듯했다.

청송을 들쳐 업은 공손은이 몸을 돌려 떠나려 하자 흉신 악살처럼 변한 고루마종이 그녀의 앞을 가로막았다.

"어디를 가려는 것이냐! 그 더러운 목은 놓고 가야 할 것이다."

뿜어져 나오는 살기만으로도 살갗이 쩍쩍 갈라질 정도였으나 공손은은 전혀 겁을 먹지 않았다.

그저 슬쩍 고개를 돌려 진유검을 바라볼 뿐이었다.

"약속했던 일이오. 비켜주시오."

진유검이 고루마종을 향해 말했다.

"시끄럽다. 그건 네놈과의 약속일 뿐이니 내 알 바 아니다. 노부는 이 연놈들의 간교한 혓바닥을 자르고 눈깔을 파낸 뒤 온몸을 수백 조각으로 포를 떠서 잘근잘근 씹어 먹야겠다."

진유검의 말을 간단히 무시한 고루마종이 공손은을 향해 움직였다.

"아, 안 돼!"

충격에서 헤어 나오지 못하고 있던 수라노괴가 퍼뜩 정신을 차리고 고루마종을 말리려 했으나 때는 이미 늦었다.

고루마종의 살수가 어느새 공손은의 코앞까지 밀려들었다.

공손은은 고루마종과 능히 상대할 수 있을 정도의 뛰어난 고수였다.

다만 조금 전 진유검과의 충돌로 인해 큰 부상을 당한 상태였고 정신을 잃고 있는 청송까지 업고 있는 상황이라 제대로 된 대응을 하지 못했다.

아니, 정확히 말하자면 아예 대응할 생각을 하지 않았다.

그녀는 고루마종의 공격이 코앞까지 짓쳐 들고 있음에도 시선을 진유검에게 고정시키고 있었다.

어느 순간, 진유검이 시야에서 사라졌다.

동시에 공손은의 생명을 위협하던 고루마종의 공세도 씻은 듯 사라졌다.

"크허헉!"

고통스런 비명 소리가 부춘산을 뒤흔들었다.

무흔지로 공손은을 위협하던 공격을 간단히 무력화시킨 진유검은 고루마종의 몸통에 연거푸 연화장을 작렬시켰다.

이성을 잃고 잔뜩 흥분하여 공손은을 공격하던 고루마종은 갑작스레 끼어든 진유검의 공격을 막기 위해 필사적으로 노력을 했지만 기선을 완벽하게 제압당한 상태라 제대로 대응도 하지 못하고 힘없이 날아갔다.

다행히 목숨을 잃지는 않았으나 땅바닥을 기다시피하며 연거푸 피를 토하는 것이 결코 가볍지 않은 부상을 당한 듯

했다.

"약속했습니다."

진유검이 수라노괴를 향해 경고하듯 말했다.

무겁게 고개를 끄덕인 수라노괴가 수하들을 향해 손짓을 했다.

길이 열리자 진유검을 향해 고개를 살짝 숙이는 것으로 인사를 대신한 공손은이 빠르게 걸음을 옮겼다.

그녀와 청송이 어둠 속으로 완전히 사라졌을 때 진유검이 아직도 충격에서 헤어 나오지 못하고 있는 수라노괴를 보며 물었다.

"자, 이제 어찌하시렵니까?"

극도의 혼란에 빠진 수라노괴가 별다른 얘기를 하지 못하자 진유검이 나머지 포로에 대한 심문을 해보겠다고 청했다.

잠시 망설이던 수라노괴는 생각을 정리할 시간도 필요했고 어차피 많은 사실이 밝혀질수록 지금의 상황을 정확히 판단하는데 도움이 될 것이라 여겨 진유검의 요청을 허락했다.

수라노괴의 허락을 받은 진유검은 공손은에게 충성심을 보였던 수하의 정신을 제압하여 원하는 정보를 하나씩 얻어갔다.

"으으으으!"

진유검에게 정신을 빼앗긴 채 온갖 말을 쏟아내던 사내가 외마디 비명과 함께 정신을 잃었다.

공손은과 청송이 떠나고 벌써 세 명 째였다.

적당히 조절을 했기 때문인지 다들 정신을 잃기는 했어도 미쳐 버린 것 같지는 않았다.

"역시 조무래기들은 의미가 없어. 아는 것도 별로 없고. 괜히 기운만 빼는 것이지."

"그래도 세 명 다 비슷한 말을 하기는 하는군요."

전풍이 쓰러진 사내의 옆구리를 툭툭 건드리며 말했다.

"그래, 하지만 정작 중요한 것은 잘 모르는군."

진유검의 시선이 여전히 무릎을 꿇고 고개를 숙이고 있는 조구와 관착에게 향했다.

진유검은 수라노괴에게 부탁해 얻은 지필묵을 그들에게 던지며 말했다.

"그대들이 알고 있는 루외루의 모든 간자와 배반자들을 적어라. 경고하건데 단 한 사람도 빠져서는 안 될 거다. 확인을 해서 누락된 자가 있다면 지옥보다 더한 고통을 맛보는 것은 물론이고 평생토록 미치광이가 되어 짐승만도 못한 삶을 살도록 만들어줄 테니까."

진유검의 경고가 단순한 경고가 아님을 이미 지켜보았기

에 조구와 관착은 덜덜 떨리는 손으로 지필묵을 잡았다.

그리곤 자신들이 알고 있는 간자와 배반자들의 이름을 쓰기 시작했다.

잠시 후, 진유검은 조구와 관착이 적은 명단을 비교하기 시작했다.

몇몇 갈린 인물이 있기는 했어도 대다수가 일치했다.

생각보다 인원은 많지 않았지만 함께 명단을 보던 수라노괴의 표정이 시시각각으로 변하는 것으로 보아 천마신교의 상황이 보통 심각한 것이 아닌 듯싶었다.

수라노괴의 시선이 명단의 중간쯤에 머물렀을 때였다.

그의 어깨너머로 명단을 바라보던 호법 노애가 갑자기 수라노괴를 공격했다.

짧은 신음과 함께 수라노괴의 신형이 비틀거렸다.

갑작스런 공격에 엉겁결에 방어를 하기는 했어도 상당한 충격을 받은 모습이었다.

주변을 에워싸고 있던 천마신교의 제자들이 재빨리 움직여 노애가 도망치는 길을 차단하려 했으나 워낙 순식간에 벌어진 일이라 제대로 이뤄지지 않았다.

쐐애애액!

엄청난 파공성이 들린 것은 노애가 자신의 앞을 가로막는 지마대 대원의 숨통을 막 끊어버리려는 순간이었다.

흠칫 놀란 노애가 번개처럼 몸을 돌렸다.

어둠을 뚫고 날아오는 빛살 하나가 눈에 들어왔다.

막아야 한다고, 피해야 한다고 생각했다.

본능에 의해 몸은 이미 움직이고 있었다.

하지만 그를 노리는 빛살의 속도는 상식의 범주를 넘어선 것이었다.

노애가 미처 한 걸음을 떼기도 전, 빛살은 그의 심장을 관통했다.

"커헉!"

작살 맞은 물고기처럼 몇 차례 퍼덕거리던 노애가 힘없이 고꾸라졌다.

잠시 동안 들끓었던 좌중의 분위기가 차갑게 가라앉았다.

그리곤 저마다 공포와 두려움, 경외 어린 눈빛으로 진유검을 바라보았다.

그들은 노애를 격살한 빛줄기가 어디서 시작된 것인지 정확하게 알고 있었다.

노애의 공격으로 흐르던 피를 지혈하던 수라노괴의 입에서 헛웃음이 터져 나왔다.

무려 삼십 장의 거리를 격해서 날린 검이 일개 무인도 아닌 천마신교 호법의 목숨을 빼앗았다.

소문으로 들었고 눈으로 직접 확인을 했지만 겪으면 겪을수록 놀라운 실력이었다.

"도망치는 것은 자유다. 대신 그에 대한 각오는 확실히 하는 것이 좋을 거다."

속삭이듯 내뱉은 진유검의 음성이 포로들은 물론이고 주변을 에워싸고 있는 천마신교 제자들의 귀에도 생생하게 꽂혔다.

"딱히 도망칠 사람이 보이진 않는군."

수라노괴가 씁쓸한 얼굴로 말했다.

"방금 죽은 놈을 제외하곤 핵심적인 자들은 거의 교에 남았네. 이놈들이 그나마 윗대가리야."

수라노괴의 말에 관착과 조구의 얼굴이 공포로 일그러졌다.

"괜찮으십니까?"

진유검이 피로 물든 수라노괴의 어깻죽지를 바라보며 물었다.

"괜찮네. 이까짓 부상이야 조금 전 충격에 비하면 아무것도 아니지. 그런데 정말 궁금하네. 무림삼비가 정녕 실존했던 것인가?"

"저들의 입으로 직접 들으셨으면서도 의심이 되십니까?"

"너무도 놀라운 말이라 그러네. 허허! 무림삼비라니. 하면 나머지 세력들도 존재한다는 말이군."

"그렇습니다."

"자넨 그들의 정체를 알고 있는 것 같은데, 맞나?"

"노선배도 알고 있습니다."

"노부가? 당금 무림에 그만한……."

멈칫한 수라노괴가 경악 어린 눈빛으로 말을 이었다.

"설마 무, 무황성이?"

"천외천입니다."

"하, 하면 산외산은 어딘가?"

수라노괴가 긴장감을 감추지 못하고 물었다.

"산외산의 정체는 정확하게 드러나지 않았습니다. 사실 루외루의 정체를 확인한 것도 근래의 일이지요. 그나마도 단편적인 정보뿐이지만. 아무튼 세외사패가 일통한 배경에 산외산이 개입하지 않았을까 의심하고 있습니다."

수라노괴의 눈이 화등잔만 해졌다.

더 이상 놀랄 일은 없을 것이라 여겼건만 중원무림의 숙적이라 할 수 있는 세외사패의 배후에 산외산이 있다는 말은 또 다른 충격으로 다가왔다.

지금껏 보여준 진유검의 능력을 감안했을 때 의심이란 곧 확신을 의미하는 것 같았다.

"한심하군. 무림에 그런 암류가 흐르고 있었고 루외루의 음험한 마수가 본교를 뒤덮었건만 아무것도 모른 채 오히려 놈들의 계략을 도와준 꼴이 되어버렸으니."

천마신교의 미래를 위한다는 명분으로 역천을 감행했으나 결국은 루외루의 농간에 놀아나게 된 것을 다시금 확인한 수라노괴는 참담한 표정을 감추지 못했다.

진유검의 입가에 차가운 미소가 지어졌다.

"말은 정확하게 하셔야지요. 루외루의 계략에 당한 것은 분명한 사실이지만 애당초 노선배나 다른 이들의 마음에 권력에 대한 욕심이 없었다면 일어나지 않았을 일입니다. 아닙니까?"

냉랭하기 짝이 없는 진유검의 음성은 날카로운 비수가 되어 수라노괴의 가슴을 후벼 팠다.

부인하고 싶었지만 입이 떨어지지 않았다.

명분과 대의 운운하기는 했어도 내면 깊숙한 곳에 자리한 것은 분명 권력에 대한 욕심이었으니까.

수라노괴가 아무런 대꾸도 못하고 연이어 탄식을 쏟아내자 냉랭했던 표정을 푼 진유검이 더없이 진지한 음성으로 말했다.

"문제는 지금부터입니다. 이미 지나간 과거야 어찌할 수 없지만 지금이라도 엉망으로 꼬여 버린 실타래를 제대로 풀어야 하지 않겠습니까?"

"무슨 뜻인가?"

"현 교주는 물론이고 그의 측근들이 루외루의 사주를 받은 배반자임이 드러난 이상 지금이라도 진정한 주인에게 천마신교를 돌려줘야 하지 않겠습니까?"

"진정한 주인이라면 복천회주를 말하는 것인가?"

"예, 맞습니다. 복천회주이자 천마조사의 마지막 후예. 천마신교의 진정한 주인이라면 그 친구뿐이잖습니까?"

"그렇지. 그렇긴 하네만 이제와서 무슨 면목으로……."

수라노괴는 부끄러움에 말을 잇지 못했다.

"하면 루외루의 주구들이 천마신교를 계속해서 농락하는 것을 두고 보시겠다는 말입니까?"

"천만에! 그럴 수야 없지. 절대로!"

수라노괴의 눈에서 죽음보다 더한 살기와 광기로 가득한 기운이 뿜어져 나왔다.

* * *

"빌어먹을!"

넓게 펼쳐진 억새밭을 보며 궁일로의 입에서 욕지기가 튀어나왔다.

백운평에서 적의 함정에 빠진 뒤 혈천마부를 잃고 필사

의 탈출을 하였으나 복천회의 추격은 집요했다.

모든 도주로를 예상했다는 듯 움직이는 곳마다 매복이 기다리고 있었는데 가장 치명적이었던 것은 왕죽림으로 이동했다고 알려진, 당연히 제거되었어야 할 복천회의 병력이 느닷없이 나타난 것이었다.

궁일로는 자신의 발아래 장자융의 목을 던지며 스산하게 웃던 고독귀의 모습을 잊을 수가 없었다.

그렇게 한 시진이 넘도록 토끼몰이를 당한 뒤 쫓겨 온 곳이 결국은 백운평, 처음 싸움이 시작된 드넓은 억새밭이었다.

궁일로는 모든 결과를 예측한 듯 태연히 모습을 드러내는 사도은과 혈륜전마를 보며 분노와 두려움을 넘어 허탈한 웃음만 흘리고 말았다.

"어찌해야 합니까, 장로님?"

궁일로의 좌측에서 피투성이로 변한 몽전이 좁혀오는 포위망을 살피며 물었다.

온몸이 크고 작은 부상으로 도배를 했지만 그는 여전히 전의를 잃지 않고 있었다.

"싸움은 이미 끝났다. 애당초 함정에 빠졌을 때부터 끝난 싸움이었지."

궁일로가 씁쓸히 말했다.

지겨운 추격전 끝에 끝까지 살아남아 자신의 뒤를 쫓아

온 천마대원들은 이제 겨우 이십 남짓에 불과했고 그나마 금방이라도 쓰러질 듯 지친 기색이 역력했다.

"항복하시겠다는 말씀입니까?"

"네 생각은 어떠냐?"

"항복한다고 목숨을 부지할 수 있을 것 같지 않습니다. 설사 운이 좋아 목숨을 건진다 해도 비루먹은 개새끼 꼴을 면치 못하겠지요. 그럴 바에야 끝까지 가볼 생각입니다."

"노부도 같은 생각이다. 기왕 죽을 바에야 멋들어지게 죽어야지. 하지만 너희에게까지 죽음을 강요할 생각은 없다. 지금이라도 항복을 하고 목숨을 구할 사람은 그리하도록 하여라."

궁일로가 천마대원들을 돌아보며 말했지만 누구 하나 움직이는 사람이 없었다.

"천마대에 그렇게 약해 빠진 놈은 없습니다."

몽전이 피식 웃으며 말했다.

"그래, 노부가 실수를 했구나."

"제가 앞장을 서겠습니다."

몽전은 궁일로의 대답을 기다리지 않고 복천회의 수뇌진이 있는 곳을 향해 달리기 시작했다.

마지막까지 살아남은 천마대원들이 몽전을 따라 질주했다.

온갖 함성을 내지르는 천마대원들의 표정 어디에도 죽음에 대한 공포는 없었다.

오히려 마지막 불꽃을 화려하게 태워 버리겠다는 듯 그 기세가 대단했다.

"천.마.대."

사도은의 입에서 안타까운 신음이 흘러나왔다.

지금은 적으로서 어쩔 수 없이 싸워야 하는 상황이었지만 따지고 보면 한식구나 다름없는 이들이다.

역천이 없었다면 소존의 충성스런 수하가 되었을 것이고.

"직접 움직이려는가?"

사도은이 천마대를 향해 걸음을 내딛는 혈륜전마에게 물었다.

"명예를 아는 녀석들이네. 최선을 다해 상대해 주어야지."

혈륜전마의 말에 조금 전, 본진에 합류를 한 악휘도 따라 나섰다.

"자네도 가려나?"

"저 녀석도 그걸 원할 것 같아서."

악휘가 홀로 움직이고 있는 궁일로를 가리키며 말했다.

"마음대로 하게나. 후~ 대체 우리가 어쩌다 이런 꼴이 된 것인지……."

궁일로에게 시선을 두던 사도은은 답답함을 이기지 못하고 땅이 꺼져라 짙은 한숨을 내쉬었다.

40장

각자도생(各自圖生)

"루주님."

"무슨 일이냐?"

"비상단주가 뵙기를 청합니다."

"비상단주가? 무슨 일… 아니다. 잠시만 기다리라 해라."

면담을 허락한 공손후가 침상에서 일어났다.

시비가 준비한 물로 간단히 세수를 한 후, 잠옷 차림 그대로 의자에 앉았다.

공손후가 의자에 앉고 헛기침을 하자 문밖에서 대기하고

있던 환종이 들어섰다.

이른 새벽, 해가 뜨기도 전에 들이닥친 환종을 보며 공손후는 불안감을 감추지 못했다.

"표정을 보니 좋은 일은 아닌 것 같고. 대체 무슨 일이기에 이런 시간에 방문한 것인가?"

"항주에서 연락이 왔습니다."

"항주? 항주… 라면 둘째가?"

공손후의 안색이 딱딱하게 굳었다.

"그렇습니다."

"무슨 일인가?"

"수호령주가 항주에 나타났다고 합니다."

수호령주라는 말에 공손후의 눈이 가늘게 모아졌다.

"부춘산을 넘으려는 천마신교의 주력 앞에 모습을 나타낸 수호령주는……."

환종은 부춘산에 나타난 진유검에 의해 천마신교의 주력의 발걸음이 멈춰졌고 청송과 공손은이 제압당하는 바람에 루외루와 천마신교의 관계가 낱낱이 드러난 일련의 상황에 대해 빠르게 설명했다.

"한마디로 말하자면 망했다는 말이군."

한참이나 이어진 환종의 보고를 묵묵히 듣던 공손후가 쓰디쓴 얼굴로 말했다.

"청송의 몸 상태는 어떻다고 하더냐?"

"목숨을 걱정할 정도는……."

"그것을 묻는 게 아니잖아. 부상 따위야 시간이 지나면 저절로 해결될 일. 내가 알고 싶은 것은 수호령주가 독하게 손을 쓴 것은 아닌가 하는 것이네."

공손후는 청송이 공손근처럼 단전이 파괴되어 폐인이 된 것은 아닌지 크게 걱정했다.

청송은 그가 가장 아끼는 제자이자 장차 루외루의 큰 기둥이 될 인재였다.

그랬기에 공손은과 짝을 지워줄 생각을 한 것이었고.

"얼마간 정양을 하면 회복된다고 하는 것을 보면 그 정도는 아닌 것 같습니다."

"그나마 다행이군."

환종은 안도의 한숨을 내쉬는 공손후를 보며 청송에 대한 루주의 신임이 꽤나 각별하다는 것을 다시금 확인할 수 있었다.

"본 루와 천마신교와의 관계가 드러난 것은 뼈아픈 일입니다."

"그렇겠지. 아무리 어리석은 놈들이라 해도 제 놈들이 모시는 교주가 우리의 주구라는 것을 확인한 이상 가만히 있지는 않을 터. 어쩌면 항주에 있는 천마신교의 주력이 복천회와 연합을 할 수도 있겠군."

"연합이라고 하셨습니까?"

"연합이라기보다는 원래의 주인을 다시 모시는 형식이 되겠지."

공손후의 말에 환종은 다소 회의적인 표정을 지었다.

"그러기엔 너무 멀리 온 것 같습니다. 아무리 우리의 계략에 의한 것이라지만 부친을 배신하고 자신을 죽이려 했던 자들입니다. 쉽게 용서를 하고 받아들일 수 있는 문제는 아니라고 봅니다."

"당연히 쉬운 일은 아니겠지. 이번 일을 어찌 처리하느냐를 보면 복천회주의 그릇을 알 수 있을 것이네."

"복천회주가 저들을 받아들인다면 천마신교와 당장 자웅을 겨뤄볼 수 있을 정도로 막강한 전력을 갖추게 됩니다."

"단순히 자웅을 겨룰 수 있는 정도가 아니라 수호령주까지 가세한다고 하면 상당한 우위에 있다고 보네. 그리고 그 우위를 놓치지 않으려 할 터."

"곧바로 공격을 하리라 생각하십니까?"

환종이 조심히 물었다.

"물론. 그만한 병력이 돌아선다는 것은 천마신교로서도 엄청난 타격이네. 수습할 여유를 주지 않고 몰아붙이는 것은 당연한 것이야. 게다가 우리의 영향력 아래에 있다는 것을 알게 된 이상 더욱 그렇겠지."

"하면 개입을 해야 하는 것입니까?"

환종의 물음에 공손후는 쉽게 대답하지 못했다.

천마신교는 분명 버리기 아까운 패임은 분명했으나 직접적으로 개입을 하면 또 다른 피해를 감수해야 한다.

문제는 그동안 진유검에 의해 당한 피해가 너무도 막대하다는 것이다.

이제 막 모습을 드러낸 산외산이 세외사패를 수족처럼 부린다는 것을 감안했을 때 그들과 훗날 자웅을 겨루기 위해서라도 최대한 전력을 보존해야 할 필요가 분명 있었다.

"일단 여러 의견을 들어보도록 하지. 당장 회의를 소집하도록 하게."

"알겠습니다."

공손후가 물러나려는 환종을 불러 세웠다.

"그런데 현재 천마신교는 누가 관장하고 있지?"

"둘째 아가씨와 청송이 없다면 군사 혁리건이 그 임무를 대신하고 있을 것입니다."

"지금의 상황을 정확하게 알리고 대책을 강구하라고 해."

"대책이라고 하시면……."

"회의 결과에 따라 다르겠지만 천마신교를 버릴 가능성이 높다. 버릴 패라면 확실히 버리는 것이 좋겠지만 취할 수 있는 것은 취하는 것이 좋겠지. 우리의 휘하로 들어온 자들을 이용하면 천마신교의 상당한 힘을 안전하게 흡수할 수 있을 것이다."

"알겠습니다. 바로 연락토록 하겠습니다."

환종이 서둘러 방을 나서자 공손후는 두통이 밀려드는지 인상을 잔뜩 쓰며 양쪽 관자놀이를 지그시 눌렀다.

공손후의 입에서 신음과도 같은 이름이 흘러나왔다.

"진… 유… 검."

* * *

이른 아침에 전격적으로 시작된 야수궁의 공격은 십만대산의 모든 생명체를 말살시키겠다는 듯 잔인하고 집요하게 이어졌다.

십수년 전, 천마신교에 내분이 일어나고 본궁이 무이산으로 옮겨간 이후, 십만대산은 그저 상징적인 의미로써 존재할 뿐 과거와 같은 위용을 보여주지는 못했다.

십만대산을 지키고 있는 자의 숫자 또한 일부에 불과했

고 무공을 제대로 익히고 있는 사람은 소수에 불과했다.

그나마 성소를 지킨다는 명목하에 남겨두고 간 병력이 있기는 했으나 애당초 그들은 성소를 지키는 것이 목적이 아니라 현 교주와 수뇌부에 대한 우호적이지 않는 이들을 감시하기 위함이었기에 싸움이 시작되기도 전에 꽁무니를 빼버렸다.

야수궁 역시 그런 천마신교의 상황을 제대로 파악을 했는지 공격을 하는데 거침이 없었고 천마신교의 성지 십마대산은 별다른 저항도 해보지 못하고 속수무책을 무너졌다.

"흠, 좋군. 아주 좋아."

활활 타오르는 십만대산을 안주 삼아 느긋하게 술잔을 기울이고 있는 야수궁주 묵첩파(墨貼巴)는 승리의 기쁨을 마음껏 누리고 있었다.

천마신교가 십만대산을 떠난 것도 알고 있었고 남아 있는 인원이라 봐야 현 천마신교 교주에게 불만을 품은 자들이라는 것도 안다.

그냥 무시하고 지나친다고 해도 전혀 문제될 것이 없었고 오히려 쓸데없이 시간을 지체하는 것일 수도 있었지만 그럼에도 상관없었다.

대대로 악연으로 엮인 천마신교의 심장을 짓밟는 일이

아니던가!

설사 그것이 과거의 영광만을 기억하고 있는 껍데기에 불과한 것이라도 그만한 가치가 있는 것이다.

"건물이 오래 되서 그런지 아주 잘 타는구나. 그렇지 않느냐?"

묵첩파가 술을 따르는 삼십 대 미부의 젖가슴을 마구 주무르며 물었다.

"그러게요. 온 세상이 붉게 물들일 정도로 활활 잘 타는군요."

불길의 뜨거운 열기 때문인지 아니면 다른 이유에서인지 미부의 낯빛 또한 붉게 달아올라 있었다.

"크하하하! 불타오르는 것은 저뿐만이 아니구나."

광소를 터뜨린 묵첩파가 술상을 쓸어버리자 교소를 터뜨린 미부가 묵첩파의 몸 위로 부드럽게 쓰러졌다.

무표정하게 서 있던 호위대장 옹니(雍尼)가 수하들을 향해 손짓했다.

커다란 방패를 든 호위대가 묵첩파와 애첩의 주변을 에워싸며 외부의 시선을 차단했지만 애첩의 달뜬 신음 소리는 방패를 넘어 사방으로 울려 퍼졌다.

천마신교의 성지 십만대산은 그렇게 처절하게 유린되고 있었다.

*　　*　　*

늦은 오후, 일월루에서 천마신교의 정례회의가 열렸다.

복천회를 공격하기 위해, 북진하는 야수궁을 막는다는 명분을 얻기 위해 많은 이가 빠져나갔기 때문인지 모인 사람은 그다지 많지 않았으나 그들이야말로 현 교주 초진악의 최측근들이었다.

"야수궁 놈들이 턱밑까지 치고 올라왔다고 했으니까 지금쯤이면 공격을 받고 있으려나?"

십만대산이 위기에 빠져 있다는 것을 뻔히 알면서도 초진악은 강 건너 불구경하듯 했다.

"이미 공격이 시작되었을 겁니다."

흑무각으로부터 실시간으로 야수궁의 움직임을 정확하게 보고 받고 있던 혁리건이 조용히 대답했다.

"군사가 그렇다면 그런 것이겠지. 아, 유마대(幽魔隊) 아이들은 어찌 되었느냐?"

"지난밤, 은밀히 몸을 뺐을 것입니다."

"아무렴 그래야지. 그런 쓸데없는 놈들 때문에 애꿎은 희생을 할 수는 없는 노릇이니까."

"일단 주변에 몸을 숨기고 있다가 지원군이 도착하면 합류를 하라고 하였습니다."

"그럴 필요 없이 일찌감치 퇴각을 시키는 것이 낫지 않겠느냐? 혹시나 야수궁 놈들과 부딪칠 수 있다."

"그리 명을 내리겠습니다."

혁리건의 공손한 대답에 모든 것이 자신의 뜻대로 되고 있다고 여기는 것인지 옥으로 만든 술잔을 빙글빙글 돌리는 초진악은 몹시 흡족한 표정을 지었다.

"아, 그런데 항주에선 별다른 소식은 없느냐? 좌사는 이미 도착한 것으로 아는데. 아직 우사가 이끄는 주력은 도착하지 않은 건가?"

혁리건을 대신해 추융이 대답했다.

"지난밤에 부춘산을 넘는다고 했으니 지금쯤이면 항주에 도착하여 복천회를 공격하고 있을 것입니다."

"회주 놈이 없는 것이 천추의 한이로구나. 참으로 운이 좋은 놈이야."

초진악은 독고무가 항주에 없는 것이 못내 아쉬운 듯했다.

"수하들의 보고에 의하면 장강을 이용하여 항주로 돌아오는 길이라고 했으니 어쩌면 잡을 수도 있을 것 같습니다."

추융이 혁리건의 눈치를 슬쩍 보며 말했다.

사실 그 정보는 흑무각이 아닌 루외루를 통해서 확인한 정보였기 때문이었다.

"쯧쯧, 알아서 죽을 자리로 기어오다니. 스스로 운을 걷어찼구나. 제 놈이 원한다면 그리해 줘야지. 군사."

"예, 교주님."

"다른 놈은 다 놓치더라도 회주 놈은 반드시 잡아야 한다고 전해라. 기왕이면 살아 있는 낯짝을 보고 싶군."

"그리하겠습니다."

대답을 하는 혁리건의 눈이 추융에게 향했다.

어차피 모든 연락은 흑무각을 통해서 이뤄지는 것.

지금의 명 또한 그가 아닌 추융의 몫이었다.

"복천회가 정리가 되면 모두에게 큰 상을 내릴 것이다. 암, 큰 상을 내리고말고. 하하하하!"

초진악이 일월루가 떠나가라 웃음을 터뜨렸다.

늘 입에 박힌 가시 같던 복천회가 사라진다고 생각을 하자 그렇게 후련할 수가 없었다.

"이럴 때 술이 빠져서야 곤란하지. 당장 준비해라."

초진악의 명에 의해 일월루는 이내 진한 주향과 산해진미로 뒤덮이고 정례회의는 술판으로 변질되었다.

흥에 겨운 초진악은 누구에게라고도 할 것 없이 술을 권하며 자신 또한 마음껏 취해갔다.

"잠시 나 좀 보세."

잠시 밖으로 나갔던 추융이 일월루에서 유일하게 온전한 정신을 유지하고 있는 혁리건 곁으로 다가와 조용히 말했다.

"무슨……."

"급한 일이네. 어서."

추융의 긴장된 음성에 혁리건은 더 이상 질문을 하지 않고 바로 자리에서 일어났다.

혁리건과 추융이 일월루 밖으로 나갔지만 누구 하나 신경 쓰는 사람은 없었다.

설사 온전한 정신을 유지하고 있다고 해도 군사와 흑무각 수장인 두 사람의 회동은 특별할 것이 없는 일이었다.

"무슨 일입니까?"

혁리건이 일월루를 벗어나기 무섭게 물었다.

"방금 전, 루에서 연락이 왔네."

루라는 말에 혁리건이 본능적으로 주변을 살폈다.

"항주에서의 일이 틀어진 모양이네."

"틀어지다니요?"

"청송공자가 수호령주에 의해 큰 부상을 당했고 금령께서도 놈에게 제압을 당하셨다고 하네."

혁리건의 눈이 찢어질듯 커졌다.

"그, 그래서 어찌 되었습니까?"

"루외루와 천마신교의 관계가 드러난 모양이네. 지난 내분의 배후에 루외루가 있다는 것은 물론이고 현 교주가 우리의 주구라는 것까지도."

"맙소사!"

혁리건은 자신도 모르게 머리카락을 움켜쥐었다.

"어쩌면 복천회와 항주로 간 주력이 힘을 합쳐 이곳을 치려고 할 수도 있다고 하는군."

"당연한 수순이겠지요. 해서 어떤 명이 있었습니까?"

혁리건은 어느새 냉정을 되찾았다.

"취할 것은 취하고 버릴 것은 버리라는 명령이셨네."

루외루에서 내려온 명령을 전하면서도 추융은 명령의 정확한 의도를 파악하지 못한 표정이었다.

"취할 것은 취하고 버릴 것은 버리라……."

추융의 말을 되뇌이는 혁리건의 눈빛이 반짝거리기 시작했다.

*　　*　　*

"몸은 괜찮으냐?"

진유검의 걱정스런 눈길을 받은 독고무가 환하게 웃으며

가슴을 두드렸다.

"멀쩡해졌으니까 걱정 마라."

"그래? 보기엔 금방이라도 쓰러질 것 같은 모습인데."

"사실 힘들긴 하다. 꽤나 먼 길이었잖아. 쉴 틈도 없이 달리기도 했고. 그래도 한잠 자고 일어났더니 많이 편해졌다."

독고무가 솔직히 말하자 옆에 있던 전풍이 가소롭다는 얼굴로 입을 열었다.

"쉴 틈 없이 달린 사람이 누군데 그런 말을 하쇼? 몸도 성치 않은 내가 그동안 달린 거리를 생각하면……."

진유검이 독고무와 함께 의협진가를 떠났다는 소식을 듣자마자 그들을 뒤쫓아 달리기 시작한 전풍은 진유검을 만나고 부춘산에서의 싸움이 끝난 이후에도 독고무를 만나기 위해 또다시 죽을힘을 다해 달렸다.

루외루와 천마신교와의 관계를 알게 된 후, 수라노괴는 선발대와 복천회의 싸움을 막기 위해 재빨리 전서구를 띄웠었다.

얼마 되지 않아 날려 보낸 전서구가 되돌아왔는데 선발대의 대답을 가져온 것도 아니고 다리에 묶인 전서 또한 그대로였다.

뭔가 문제가 생겼다는 것을 직감했지만 그들이 당장 할

수 있는 것은 아무것도 없었다.

수라노괴는 그 즉시 전령을 보내 자세한 상황 설명을 하려했고 진유검 또한 전풍을 복천회로 보냈다.

이미 싸움이 시작된 상황이라 늦으면 늦을수록 많은 피해가 발생할 터.

전풍은 그야말로 죽을힘을 다해 달렸다.

한데 항주 어디에도 복천회의 모습은 없었다.

그들과 싸우고 있다는 천마신교 선발대도 찾지 못했다.

포기하지 않고 정신없이 흔적을 좇은 전풍은 마침내 독고무와 합류한 복천회의 무인들을 찾아낼 수 있었다.

그때의 위치가 천목산 남쪽 어귀였으니 한나절이 조금 못되는 시간 동안 근 삼백 리에 이르는 거리를 달린 것이다.

"빌어먹을 그때만 생각하면 또 화가 치미네!"

고개를 홱 돌린 전풍이 진유검을 잡아먹을 듯 노려봤다.

"이제 그만해라. 미안하다고 했잖아. 하루 종일 어떻게 지치지도 않냐?"

"미안하다고 끝날 일이 아니잖습니까! 그렇게 죽을힘을 다해 달려서 독고 형님을 만났는데 이미 한참 전에 모든 것을 알고 있다니요! 이게 말이나 되는 겁니까?"

당시의 기막혔던 상황을 다시금 떠올린 전풍은 울분이

복받치는지 목소리마저 쩍쩍 갈라졌다.

"알았다, 알았어. 경황이 없어서 네가 떠난 다음에야 비로소 무황성의 정보조직을 이용할 생각을 했다. 그건 분명 내 실수다. 정말 미안하다. 그러니까 이제 그만하자고!"

진유검의 목소리에 힘이 꽉 실렸다.

한 번 더 지껄여 보라는 듯 노려보며 이를 꽉 깨물었다.

그제야 전풍이 입을 다물었다. 하지만 여전히 불만스런 표정은 감추지 못했다.

"그만들 해라. 내가 괜히 미안해지잖아."

"그건 당연한 거고!"

진유검과 전풍이 이구동성으로 외쳤다.

그들이 그런 식으로 입을 맞출 줄은 몰랐던 독고무가 멍한 표정을 지을 때 진유검이 짜증나는 음성으로 말했다.

"그래서 어떻게 할 거냐?"

"뭐를?"

"결정했냐고. 다들 납작 엎드려서 네 대답을, 아니, 처분만을 기다리고 있잖아."

순간, 밝은 표정으로 진유검과 전풍의 말다툼을 지켜보던 독고무의 안색이 살짝 굳어졌다.

"아직도 결정 못한 거냐?"

독고무가 고개를 끄덕이자 전풍이 복장 터진다는 듯 가

슴을 쳤다.

"어휴! 뭘 그리 오래 생각합니까. 어제만 해도 죽자고 달려들던 놈들이 알아서 모시겠다고 저러고 있는데."

"그렇게 간단한 문제가 아니다."

"참나, 아니긴 뭐가 아니요? 그냥 못 이긴 척 받아주면 되는 거지."

"아버지가 내 앞에서 돌아가셨다."

독고무의 착 가라앉은 음성에 전풍의 몸이 움찔했다.

"저들이 권좌에서 끌어내려 했던 아버지가, 오랜 병으로 인해 제대로 무공도 사용하지 못하시던 아버지가 나를 지키시려다 목숨을 잃으셨단 말이다."

"미, 미안하오. 난 정말 몰랐소."

전풍이 얼른 사과했다.

"그리고 또 많은 이가 목숨을 잃었지. 일곱 살의 어린 꼬마를 지키려다가."

독고무의 음성에서 한없는 슬픔이 전해지자 전풍은 어쩔 줄을 몰라 했다.

"당시의 상황이 이 머릿속에 또렷이 각인되어 있다. 지금도 눈이 오는 날이면 어김없이 그때의 꿈을 꾸고. 첫눈이 오던 날에 벌어진 일이었거든."

독고무가 짓는 슬픈 미소를 본 진유검이 그의 어깨를 가볍게 두드렸다.

그리곤 전풍을 매섭게 노려보며 혀를 찼다.

"하여간 너란 놈은……."

진유검은 마치 조금 전의 일을 복수라도 하듯 한참 동안이나 전풍을 타박한 뒤에야 비로소 독고무를 향해 고개를 돌렸다.

"네 마음은 충분히 이해하지만 마냥 결정을 미룰 수는 없다고 생각한다. 또 피할 수도 없는 것이고."

"그거야 그렇지."

무겁게 고개를 끄덕인 독고무가 되레 물었다.

"내가 어떻게 해야 한다고 생각하냐?"

잠시 뜸을 들인 진유검이 더없이 신중한 자세로 대답했다.

"받아들이는 것이 맞다고 본다."

"받아들이라……."

어느 정도는 그런 대답을 예상했는지 큰 반발은 없었다.

"용서를 하라는 것이 아니다. 용서를 하기엔 네가 받은 상처와 그들의 잘못이 너무 크니까. 다만 기회를 주는 것은 상관없지 않을까?"

"기회?"

"배반을 했다는 것 자체는 변명의 여지가 없지만 저들 역시 루외루의 계략에 희생된 것은 사실이잖아. 최소한 복수를 할 기회는 줘야지."

"음."

독고무의 입에서 짧은 신음이 흘러나왔다.

"그리고 하나 더. 네가 생각하지 못하는 부분이 있는 것 같다."

깊은 생각에 잠겼던 독고무가 의문 가득한 얼굴로 고개를 들었다.

"냉정한 말이지만 일이 이렇게 된 것은 네 조부님과 부친의 잘못도 있다고 본다."

"무슨 뜻이냐?"

독고무의 안색이 차가워졌다.

"저들의 증언에 의하면 네 부친의 광증은 물론이고 조부님의 죽음에도 분명한 연관이 있었다. 천마신교를 집어삼키기 위해 이대에 걸쳐 치밀하게 작업을 한 것이야. 하지만 아무리 그렇다고 해도 다른 곳도 아닌 천마신교다."

때마침 방문이 열리고 복천회의 원로들이 방으로 들어섰다.

그들을 힐끗 바라본 진유검이 말을 이었다.

"그럼에도 그토록 속수무책으로 당했다는 것은 그분들께서 천마신교의 교주라는 막강한 힘과 권위에 안주하셨던 것은 아닌가 싶다. 방심하셨단 말이지."

"주, 주군."

전풍이 독고무의 안색을 살피며 진유검의 팔을 슬며시 잡았지만 진유검의 독설을 멈추게 하지는 못했다.

"내가 아는 천마신교는 교주에 대한 충성심도 나름 대단하지만 그보다는 절대적인 힘을 상징하는 천마신교 자체에 대한 자부심과 사랑이 더 크다고 본다. 한데 네 부친께서 루외루의 암계에 당하시면서 그것이 무너진 거다. 당시 반란을 일으켰던 자 중 일부는 루외루의 사주에 의한 자들이었겠지만 대다수는 무너지는 천마신교를 지키기 위해 칼을 뽑은 자였다. 강력한 천마신교를 지킨다는 명분으로. 물론 그 명분 아래 권력에 대한 욕심이 있다는 것은 나도 알아. 인간의 본성이 원래 그렇잖아. 하지만 난 그 명분을 주었다는 것 자체가 가장 큰 실수라고 본다. 왜냐하면 강자존, 약육강식이야말로 지금의 천마신교를 있게 했던 가장 중요한 요소였으니까."

잠시 말을 멈춘 진유검이 독고무의 반응을 살폈다.

독고무는 생각보다는 담담히 얘기를 듣는 것 같았다.

"지금 너의 대답을 기다리는 이들 중 대다수는 당시 역천에 직접적으로 가담했던 자다. 그들이 네게 용서를 빌고 죄를 청한다는 것은 과거의 잘못에 대한 사죄의 의미도 있지만 천마신교가 루외루라는 엉뚱한 놈들에 의해 농락을 당했다는 것에, 천마신교의 상징이라 할 수 있는 교주를 자신들의 손으로 해쳤다는 것에 분노하는 것이라 생각한다."

"그러면 그냥 떠난 그 빌어먹을 놈들은 뭡니까?"

진유검의 말솜씨에 감탄을 하던 전풍이 생각만으로도 화가 치민다는 얼굴로 물었다.

지난 과거의 역천이 루외루의 계략에 의해 속은 것이고 현 교주가 루외루의 주구라는 것을 알게 된 수라노괴와 대다수의 장로 호법들은 천마조사의 진정한 후예인 독고무에게 죄를 청한다는 결론을 내렸다.

한데 그들과는 달리 고루마종과 몇몇 인물은 과거는 그저 과거일 뿐이라면 여전히 독고무를 부정했다.

그리곤 자신들을 따르는 오십여 명의 병력을 이끌고 항주를 떠나 버렸다.

사실 고루마종으로선 그럴 수밖에 없는 것이 당시 독고무의 눈앞에서 전대 교주의 목을 벤 것이 다름 아닌 고루마종 본인이었기 때문이었다.

어쨌든 전풍은 떠나는 그들을 쫓아가 당장 몰살을 시켜야 한다고 길길이 날뛰었지만 진유검은 아무런 제지도 하지 않았다.

그들이 복천회를 공격하는 것을 포기한 이상 복수를 하

는 것은 자신이 아니라 독고무의 몫이라 여긴 것이다.

"각자 생각하는 바는 다르니까. 어쩌면 그들이 반란에 참가한 것은 앞서 밝혔던 명분보다는 권력욕이 더 강했기 때문이라 할 수 있겠지."

"그런 늙은이들을 따라가는 놈들은 또 뭡니까? 대다수가 반란에 직접적으로 참여도 하지 않았을 어린놈이던데요. 망할 새끼들."

"그걸 내가 어찌 아냐? 그놈들이 무슨 생각을 하는지 머릿속을 들여다보는 것도 아니고."

진유검이 퉁명스레 대꾸하자 조금 전, 조용히 방으로 들어와 있던 사도은이 입을 열었다.

"지금 자라고 있는 천마신교의 제자들에게 지난 일은 그저 과거의 일에 불과하다는 거겠지. 권력을 잡은 자들이 그렇게 세뇌를 시킨 것도 있겠지만 어쨌든 그들이 믿고 따랐던 인물은 소존이 아니라 현 교주니까."

사도은의 말에 독고무가 지그시 입술을 깨물었다.

"아직도 수라노괴를 만나실 생각이 없는 것입니까?"

사도은과 어깨를 나란히 하고 있던 혈륜전마가 물었다.

독고무가 아무런 대답도 하지 않자 재차 질문을 하려던 혈륜전마는 진유검의 눈짓을 받고 입을 다물었다.

그렇게 기다리기를 얼마간, 짧은 한숨을 내뱉은 독고무

가 고개를 돌렸다.

"어디에 있지, 수라노괴는?"

"잘 생각했다!"

환한 웃음을 지은 진유검이 독고무의 어깨에 손을 얹었다.

*　　*　　*

"허! 이게 정녕 사실이란 말인가?"

빠르게 서찰을 읽어내려 가던 사공백은 놀라움을 감추지 못했다.

"솔직히 저도 믿어지지 않습니다."

사공백보다 먼저 소식을 접한 제갈명 역시 잔뜩 상기된 표정이었다.

"어쩐지 이상한 점이 한두 개가 아니었어. 천마신교가 아무리 강자존이 판치는 곳이라지만 지금껏 교주의 권위에 반해 반란을 일으킨 경우는 한 번도 없었지. 애당초 그토록 강건했던 독고혁(獨孤爀)이 병으로 급사한 것부터가 말이 안 되는 일이었고."

"그러고 보면 루외루의 힘이 정말 무섭습니다. 이미 수십 년 전부터 천마신교를 도모했고 성공을 했으니까요."

제갈명은 무황성과 어깨를 나란히 하는 천마신교가 그토록 손쉽게 무너진 것에 경악을 금치 못했다.

"일전에 음부곡 곡주를 놓친 사건도 그렇고 간자 문제는 비단 천마신교만의 문제는 아니라고 보네. 우리 쪽에도 깊숙하게 관여되어 있을 수도 있어."

"저도 같은 생각입니다. 루외루가 무림에 암약한 시간이 긴 만큼 간자들 역시 뿌리 깊게 박혀 있을 수 있습니다. 어쩌면 이미 많은 문파가 천마신교처럼 저들의 주구로 전락한 상황일 수도 있고요."

"맞네. 만약 수호령주의 활약이 없었다면 루외루의 존재는 아직도 장막에 가려 있었겠지. 생각만으로도 소름이 끼치는 일이야."

"예, 세외사패와 일전을 벌이는 상황에서 뒤통수를 맞는다면 정말 큰일 날 뻔했습니다."

"천마신교가 십만대산을 포기했을 때부터 뒤통수는 이미 맞은 셈이지. 망할 놈들! 도저히 이해가 안 가는 상황이었어. 다른 곳은 몰라도 십만대산은 자네 말대로 절대로 포기할 수 없는 곳인데 말이야."

버럭 소리를 지르며 한참을 분개해하던 사공백이 애써 마음을 가다듬으며 말했다.

"그런데 십만대산은 완전히 끝장난 건가?"

"예, 야수궁의 대대적인 공격으로 초토화가 되었다고 합니다."

"하면 곧바로 호남인가?"

"아무래도 그럴 것 같습니다. 십만대산에서 제법 거리가 있기는 해도 그쪽 지역이 워낙 천마신교의 영향력이 절대적인 곳이라 제대로 된 문파가 없습니다. 굳이 꼽아보자면 몇몇 문파가 있기는 하지만 야수궁의 입김만 닿아도 녹아 없어질 수준입니다."

"결국 호남에서 막을 수밖에 없다는 말이군. 한데 가능성이 있을까?"

"이미 상당한 병력이 남궁세가로 집결하는 중입니다. 그리고 아시잖습니까? 다른 곳도 아니고 강남의 맹주 남궁세가입니다. 게다가 오랜만에 걸출한 인재가 배출되었고요. 충분히 승산이 있습니다."

"그렇지. 누가 상상이나 했겠는가? 남궁세가의 가주가 현경에 오른 고수라는 것을."

진유검으로부터 남궁결이 현경에 오른 고수라는 것을 들었을 때 얼마나 놀랐던가.

당시에는 조금은 경계하는 마음이 들기까지 했으나 세외사패가 준동한 지금은 그만큼 든든한 아군도 없었다.

"다만 천마신교라는 변수가 생겼다는 것이 마음에 걸립

니다."

"음, 확실히 변수는 변수군. 우리가 계획을 세웠을 땐 천마신교가 야수궁의 배후를 친다는 것을 감안했던 것이니."

"최악의 경우 도움이 아니라 오히려 공격을 받을 수도 있습니다."

"공격을 받는다? 놈들이 아무리 루외루의 주구로 전락을 했다지만 세간의 이목이 있는데 설마하니 세외사패와 손을 잡겠는가?"

사공백은 이해할 수 없다는 반응을 보였다.

"항주에서 올라온 보고에 의하면 복천회를 공격하기 위해 움직였던 천마신교의 주력 대부분이 복천회주에게 무릎을 꿇었다고 했습니다."

"보았네."

사공백의 시선이 탁자에 놓인 서찰로 향했다.

"성주께선 복천회주가 어떤 선택을 하리라 보십니까?"

사공백은 질문의 요지를 금방 파악했다.

"하면 자네는 복천회가 곧바로 천마신교를 친다고 여기는 것인가?"

"예, 설사 복천회주가 그런 마음을 가지고 있지 않다고 해도 수호령주가 그런 의견을 개진할 것이라 봅니다."

"수호령주가?"

사공백의 눈이 휘둥그레졌다.

"그렇습니다. 현실적으로 북상하고 있는 야수궁을, 아니, 세외사패를 막아내기 위해 천마신교의 힘은 절대적으로 필요합니다. 지금처럼 분열되고 루외루의 주구로 전락한 천마신교가 아니라 과거의 강력한 힘을 자랑했던 천마신교가 말입니다. 수호령주는 누구보다 이를 정확하게 파악하고 있을 것입니다."

"음, 자네의 말에 일리가 있군. 그리만 되면 확실히 숨통이 트이지."

"문제는 위기에 처한 천마신교가 우리를 공격하는 극단적인 선택을 할 수도 있다는 겁니다."

"야수궁과 손을 잡는다?"

"꼭 그런 것은 아니지만 우리를 건드리면 야수궁과도 손을 잡을 수 있다 정도의 움직임만 보여도 상황은 심각해지지 않겠습니까? 말하자면 벼랑 끝 전술이지요. 복천회야 상관하지 않을 수도 있겠지만 우리나 수호령주는 절대로 그럴 수 없으니까요. 물론 이 또한 가정입니다만."

제갈명은 가정이란 단서를 달았지만 사공백은 제갈명의 말대로 상황이 움직일 것이란 확신이 들었다.

"끝까지 민폐만 끼치는 놈들이로군."

"또 하나의 변수가 있습니다."

"또 있나?"

"루외루가 어찌 나오느냐에 따라서 천마신교의 운명이 바뀔 수 있습니다.

루외루라는 말에 사공백의 눈매가 매서워졌다.

"그렇지. 바로 그놈들이 있었어."

"현재 전력이라면 천마신교의 주력을 흡수하고 수호령주가 가세한 복천회가 전력상 우위에 있다고 말씀드릴 수 있습니다만 루외루가 천마신교를 돕는다면 상황은 정반대가 될 수 있습니다. 아시다시피 루외루의 힘은 추측하기가 힘들 정도입니다."

"지금까지 드러난 것만으로도 확실히 그렇지. 수호령주가 아니면 감당할 수 없는 상대야. 게다가 몇 번을 당했으니 어설프게 준비하지도 않을 것이고. 하지만 군사."

"예, 성주님."

"루외루가 천마신교를 도울 가능성은 생각보다 낮을 수 있어."

"산외산을 의식할 수밖에 없어서 함부로 움직이지 못한다 보시는 겁니까?"

제갈명 역시 어느 정도는 사공백과 같은 생각을 하고 있었던 것 같았다.

"맞네. 저놈들이 바보가 아닌 이상 우리가 파악하고 있는 것을 모를 리는 없을 터. 세외사패를 움직이고 있는 산외산을 염두에 둔다면 함부로 전력을 낭비할 수는 없을 걸세. 수호령주에게 지금껏 잃은 전력만으로도 상당할 테니까. 뭐, 이 또한 가정이네만."

사공백이 방금 전, 제갈명의 말투를 흉내 내며 말했다.

"일단 여러 가지 변수를 모두 감안하여 다시금 계획을 짜도록 하게나. 천마신교가 미친 척하고 야수궁과 손을 잡을 수도 있으니까."

순간, 제갈명의 인상이 제대로 일그러졌다.

생각만으로도 머리가 아픈 모습이었다.

*　　*　　*

"복천회가 루의 예측대로 움직이고 있네."

추융이 심각한 표정으로 막 도착한 전서를 내밀었다.

제대로 적을 여유도 없었는지 휘갈겨 쓴 전서의 내용을 용케도 알아본 혁리건이 지그시 입술을 깨물었다.

"포강(浦江)을 벌써 지났다면 이곳까지 늦어도 나흘이면 도착합니다."

"예상보다 무척 빠르게 움직이는 것 같네."

"예, 아마도 루의 움직임을 의식해서 그런 것이겠지요.

복천회는 속전속결로 끝장을 내려는 생각입니다."

"수호령주의 의지일 수도 있겠지."

"누구의 의지인지는 상관없습니다. 중요한 것은 저들이 이곳으로 몰려오고 있다는 것이지요. 그 안에 정리를 하려면 꽤나 바쁘게 움직여야 할 것 같습니다."

혁리건이 자리에서 일어나자 추융이 궁금한 눈빛으로 그를 바라보았다.

"이제 교주에게 사실을 말해야 할 때가 왔습니다."

"어디까지 얘기를 해줄 셈인가?"

"어차피 장기판의 말에 불과한 자입니다. 굳이 많은 것을 알려줄 필요는 없겠지요. 그저 충분히 쓰고 버릴 수 있는 정도만 알려줄 생각입니다. 아, 그리고 고루마종이 이곳으로 오고 있다고 했습니까?"

"그러네. 복천회 밑으로 들어가는 것을 포기한 모양이야. 수호령주에게 당한 고루마종의 꼴도 말이 아니라는군. 부상도 심하고."

"고육지책(苦肉之策)일 수도 있습니다."

"해서 일단 아이들을 붙여 두었네. 고육지책인지는 두고 보면 알겠지."

"모두에게 연통을 넣어주십시오. 교주를 만난 이후에 회합을 하지요."

"그리하겠네."

추융을 대답을 들으며 방문을 나서는 혁리건의 안색이 조금은 굳어 있었다.

그 권위가 아무리 떨어졌다고 해도 천마신교의 교주는 아무나 하는 자리가 아니다.

루외루의 주구니 장기판의 말이니 폄하를 해도 초진악은 분명 위험한 인물이었다.

"잘 왔다. 그렇잖아도 찾으려고 했다."

초진악이 문을 열고 들어서는 혁리건을 보며 불쾌한 얼굴로 손짓을 했다.

"무슨 일로 찾으시려 했습니까?"

혁리건은 초진악이 원하는 것이 무엇인지 뻔히 알면서도 모른 척 시치미를 뗐다.

"복천회! 주력이 항주에 도착한 것이 벌써 며칠째인데 아무런 소식이 없는 것이냐? 저 멍청한 흑무각주는 몇 번을 물어도 제대로 대답을 하지 못하고 있고. 군사는 알고 있겠지?"

초진악은 천마신교의 군사로서 당연히 알고 있어야 한다고 강요하는 듯 무시무시한 눈빛으로 혁리건을 노려보았다.

"그렇잖아도 그 일로 찾아뵌 것입니다."

"역시, 다른 놈들은 몰라도 군사는 내 기대를 저버리지 않는구나. 자, 한 잔 하여라."

크게 기꺼워한 초진악이 언제 매섭게 노려봤냐는 듯 만면에 웃음을 지으며 술잔을 권했다.

정중히 술잔을 사양한 혁리건이 조심스레 입을 열었다.

"항주에서의 일이 틀어졌습니다."

입안에 막 술을 털어 넣고 있던 초진악의 움직임이 그대로 멈췄다.

"지금 뭐라 했느냐? 일이 틀어져?"

방 안을 울리는 음성에서 살기가 뚝뚝 떨어졌다.

"선발대로 나선 좌사 능자수가 마도제일뇌의 계략에 빠져 천마대를 모조리 잃고 그 역시 악휘에게 목숨을 잃었습니다."

"그런 병신 같은 놈이!"

화를 참지 못한 초진악이 술잔을 내던지고 술잔에 맞은 한쪽 벽면이 그대로 무너져 내렸다.

"우사는? 고루마종과 수라노괴가 이끄는 병력은 어찌 되었느냐? 설마 그놈들까지 무슨 일이 생긴 것은 아니겠지? 어서 말을 해라!"

화를 이기지 못한 초진악이 온몸을 부들부들 떨며 천궁

이 떠나가라 소리를 질러댔다.

"복천회에 항복을 했습니다."

"지, 지금 뭐라 했느냐? 하, 항복?"

벌떡 일어난 초진악이 경악에 가득 찬 얼굴로 되물었다.

"뿐만 아니라 칼끝을 교주님께 돌렸습니다. 고루마종은 일부 병력을 이끌고 무리에서 이탈한 것 같지만 지금 이 순간, 복천회와 수라노괴가 병력을 이끌고 이곳으로 달려오고 있습니다."

"마, 말도 안 돼! 대, 대체 이게 무슨 일이냐? 대체 무슨 일이 벌어지고 있는 것이야?"

혹여 술에 취해 헛것을 들은 것은 아닌지 연신 고개를 흔드는 초진악의 모습은 초라함을 넘어 안쓰럽기까지 했다.

"정신 차리십시오, 교주님. 이리 흔들리고 있을 때가 아닙니다. 당장 대책을 마련해야 합니다."

"무슨 대책을 말이냐? 복천회를 치기 위해 움직인 병력은 본교 전력의 사 할에 이른다. 거기에 복천회 전력까지 합쳐졌다면……."

생각하기조차 싫은지 초진악이 머리를 마구 흔들었다.

"십만대산으로 움직였던 병력을 즉시 회군시키고 지형지물을 충분히 이용하여 매복과 함정을 판다면 충분히 상대할 수 있을 것입니다."

"가능… 하겠느냐?"

초진악이 여전히 흐트러진 모습을 물었다.

'한심한!'

초진악은 소규모의 무리라면 몰라도 천마신교처럼 큰 단체의 수장감은 아니었다.

무공이 강한 것에 반해 욕심이 너무 많고 사리판단을 제대로 할 줄 몰랐다.

그랬기에 루외루의 주구로서 낙점이 된 것이지만 보면 볼수록 한심하고 답답하기만 했다.

"가능합니다. 그전에 내부 정리를 할 필요가 있습니다."

"내부 정리라니?"

"수라노괴가 배신을 한 상황입니다. 그가 천마신교에서 어떤 위치에 있는지를 감안한다면 그와 내통하는 사람이 없다는 보장을 할 수가 없습니다."

"그, 그렇지."

초진악이 크게 고개를 끄덕였다.

"어느 정도 내부 단속이 끝나면 확실히 믿을 수 있는 사람을 골라 병력을 맡기겠습니다. 그로 하여금 적을 상대하게 한다면 충분히 승산이 있습니다. 저 또한 직접 전장에 나가 지원토록 하겠습니다."

"군사가?"

"예, 상황이 이리 급박한데 자리만 지키고 있을 수는 없지요."

"좋은 생각이다. 군사가 나서 준면 놈들도 함부로 이곳을 넘보지는 못할게야."

과거, 자신을 천마신교의 교주로 만들어준 혁리건의 능력이 얼마나 대단했었는지를 똑똑히 기억해 낸 초진악은 비로소 안심하는 것 같았다.

"그런데 군사."

조금은 교주로서의 모습을 되찾은 초진악이 혁리건을 불렀다.

"예, 교주님."

"수라노괴 그놈이 본좌를 배신한 이유가 뭐라더냐?"

순간적으로 멈칫한 혁리건이 조용히 고개를 저었다.

"그것까지는 아직 파악을 하지 못했습니다."

대답과 함께 천천히 몸을 돌린 혁리건의 입가에 차디찬 조소가 피어올랐다.

41장

무이산(武夷山)으로

독고무의 명문혈에 장심을 대고 있던 진유검이 천천히 손을 뗐다.

독고무의 정수리 위로 오색의 기운이 솟구쳤다가 조용히 스며들었다.

잠시 후, 삼색의 꽃이 화려하게 피어나며 주변을 밝히더니 다시금 정수리로 흡수되었다.

문 앞에서 두 사람의 운공을 지켜보던 전풍의 눈이 휘둥그레졌다.

진유검이 손가락으로 입을 가리자 자신도 모르게 입을

벌리던 전풍이 황급히 입을 틀어막았다.

그사이 독고무의 운공은 오기조원(五氣朝元), 삼화취정(三華聚頂)의 경지를 넘고 절정을 향해 치닫고 있었다.

전신에서 뿜어져 나오던 상서로운 기운이 그의 몸을 방 안을 가득 채웠다.

가부좌를 틀고 있던 독고무의 몸이 한 자 높이로 부상하여 천천히 회전하자 방 안을 가득 채우고 있던 기운 역시 그의 몸을 부드럽게 휘감으며 회전했다.

조용히 눈을 감고 있는 독고무의 얼굴은 평온함 그 자체로 완벽한 무념무상(無念無想)의 경지에 이르고 있었다.

영원과도 같았던 짧은 시간이 흘렀다.

허공으로 부양했던 독고무의 몸이 천천히 하강을 시작했다.

더불어 그의 몸을 감싸고 있던 기운들 역시 그의 몸과 하나가 되어 서서히 사라져 갔다.

바닥에 내려앉은 독고무는 처음 운공을 시작했던 그 모습 그대로 눈을 떴다.

달라진 것은 아무것도 없었다.

다만 평소에도 은연중 뿜어져 나오던 기세가 자취를 감추었고 날카롭던 눈빛 역시 어딘지 모르게 부드러워진 것 같았다.

너무도 평범하여 무공을 익힌 흔적조차 남아 있지 않았다.

"어째 분위기가 요상한데요. 이게 그 반박귀진(返搏歸眞)인가 뭔가 하는 겁니까?"

전풍이 이전과는 전혀 다른 분위기를 풍기는 독고무를 요리조리 뜯어보며 물었다.

독고무는 아무런 대답도 하지 않고 그저 엷은 미소만 지어 보였다.

"축하한다. 결국 해냈구나."

진유검이 독고무에게 진심 어린 축하를 보냈다.

"고맙다. 네 도움이 아니었으면 언감생심 꿈도 꾸지 못했을 거다."

독고무가 진유검의 손을 와락 움켜잡았다.

진유검이 그동안 자신의 부상을 치료한다는 명목으로 얼마나 큰 도움을 주었던가!

지금만 해도 그랬다.

운공 중 내상의 여파로 인해 순간적으로 흩어지던 내력을 바로 잡아주고 올바른 길로 인도해 준 것도 진유검이었고 그것으로 부족해 자신의 내력을 아낌없이 나눠준 것도 그였다.

놀라운 것은 진유검이 불어넣어준 기운이 그가 익힌 무

극혼류공과 완벽하게 동화를 했다는 것이다.

상식적으로 결코 있을 수 없는 일이었으나 진유검은 불가능한 일을 가능케 했다.

그것은 가히 상상도 할 수 없는 효과를 불러 일으켰는데 루외루와의 싸움에서 당한 내상을 완벽하게 치료하는 것은 물론이고 십성에서 도저히 앞으로 나가지 않던 무극혼류공을 대성하게 만들었다.

항주를 떠나 무이산으로 향하는 도중에 진유검과 나누었던 수많은 무리(武理)도 머릿속에서 완벽하게 정립이 되었다.

그 모든 일련의 상황이 지금의 자신을 넘어 또 다른 세계로 진입하는 깨달음의 과정임을 확신한 독고무는 힘들게 잡은 깨달음의 단초를 잃지 않기 위해 애쓰고 또 애썼다.

그 결과 천마조사께서 말년에 이르셨다는 경지에 처음으로 발을 내딛게 된 것이다.

"나 원. 남자들끼리 뭐하는 짓이오, 그게?"

전풍이 손을 잡고 있는 진유검과 독고무를 보며 토하는 시늉을 하더니 방문을 확 걷어찼다.

"자, 나갑시다. 술은 이런 날 푸라고 만든 거랍디다."

약간은 들뜬 모습으로 방문을 나서던 전풍이 흠칫했다.

문밖에 복천회의 원로들이 초조한 기색으로 기다리고 있

었기 때문이었다.

"언제부터 있었던 거요?"

전풍이 혈륜전마를 보며 물었다.

오직 방에만 시선을 고정시키던 혈륜전마는 천천히 걸어 나오는 독고무를 보곤 그대로 부복했다.

"감축드립니다, 소존!"

그 뒤로 모든 원로, 장로들이 무릎을 꿇으며 외쳤다.

"대성을 경하드립니다, 소존!"

무릎을 꿇고 고개를 숙이고 있는 원로들의 몸에서 떨림이 일었다.

주름진 얼굴에선 뜨거운 눈물이 흘러내렸다.

원로들이 흘리는 감격에 찬 눈물을 보며 독고무의 눈시울도 살짝 붉어졌다.

"다들 일어나지. 그게 뭐 대단한 일이라고."

독고무가 애써 감정을 숨기며 말하자 전풍이 가소롭다는 듯 외쳤다.

"눈물자국이나 지우고 말하쇼. 애도 아니고."

"어디 눈물이……."

자신도 모르게 소매로 눈을 훔치던 독고무는 앞에서 낄낄대며 웃는 전풍을 보며 버럭 화를 냈다.

"이런 빌어먹을 놈이!"

독고무가 달려들자 전풍은 재빨리 꽁무니를 빼며 더욱 큰 소리로 웃음을 터뜨렸다.

평소와는 전혀 다른 독고무의 모습에 주변 사람들의 표정이 환해졌다.

독고무의 어색한 행동이 어딘지 모르게 겸연쩍은 지금의 상황을 모면하기 위함이라는 것을 아는 것이다.

"고맙습니다, 공자님."

혈륜전마가 진유검을 향해 정중히 허리를 숙였다.

"고마울 것까지야 없습니다. 놈이 잘나서 그런 것이지 제가 도움 준 건 별로 없습니다."

말은 그리해도 진유검이 독고무의 성취에 절대적인 영향을 끼쳤다는 것을 모르는 사람은 아무도 없었다.

"풍이 놈 말대로 술이나 한잔하지요. 지금이 그럴 때가 아니라는 것은 알지만 그래도 축하는 할 일이니까요. 계속 이어진 강행군으로 다들 지친 것 같기도 하고."

"당연히 그래야지요. 바로 준비하라 하겠습니다."

혈륜전마에게 가볍게 미소를 지어 보인 진유검이 독고무와 전풍이 사라진 곳을 걸음을 옮겼다.

바로 그때였다.

"그런데 공자님."

고독귀가 진유검을 불러 세웠다.

"무슨 일입니까?"

"무례한 질문이기는 하나 궁금증을 참지 못하고 여쭙겠습니다."

"말씀하십시오."

"소존께선 무극혼류공을 대성하셨습니다. 이제는 진 공자님의 무위에 견줄 수 있으신 겁니까?"

고독귀의 질문에 깜짝 놀란 혈륜전마가 황급히 말리려 하였으나 이미 너무 늦었다.

"글쎄요. 충분하지 않을까……."

진유검이 담담히 웃으며 대답할 때 독고무의 손을 피해 도망쳐 오던 전풍이 고독귀의 말을 들었는지 스치듯 지나가며 몇 마디를 던졌다.

"비교할 걸 비교하쇼. 어디 하룻강아지를 범에 견줄 생각을 합니까?"

고독귀를 비롯하여 모든 원로의 몸이 그대로 굳었다.

"쓸데없는 건 물어가지고!"

전풍을 쫓는 것을 포기한 독고무가 고독귀를 노려보았다.

하지만 충격에 빠진 고독귀는 독고무를 보고 있지 않았다.

그의 눈은 어색한 웃음을 흘리며 지나가는 진유검에게

고정되어 있었다.

"하룻… 강아지라……."

고독귀의 힘없는 중얼거림이 복천회 원로들의 가슴에 깊이 박히는 순간이었다.

"그런데 아무리 생각해도 이해가 안 가는 게 있다."

단숨에 술을 들이켠 독고무가 빈 잔을 내려놓으며 말했다.

"뭐가?"

"솔직히 내가 익힌 무극혼류공은 소위 말해 정파의 무공과는 많이 다르잖아. 그런데 어째서 네 기운과는 별다른 충돌 없이 하나로 융합될 수 있었던 거지?"

정파 운운할 때부터 그런 질문을 할 줄 알고 있었던 진유검은 대수롭지 않다는 표정으로 입을 열었다.

"만류귀종(萬流歸宗)이니까."

무공의 종류는 다를 수 있으나 궁극에 이르러선 결국 하나의 형태로 흐른다는 가장 원론적인 대답이었다.

"만류귀종이라……."

"또 뜬구름 잡는 소리. 그거 거짓말이오. 주군은 정공은 물론이고 마공과 사공까지 두루 익히고 있소. 그러니 무극혼류공인가 뭔가 하는 것과 잘 융합하는 거고. 뭣도 모르는 루외루 놈들은 함부로 사공을 쓰려다 도리어 박살이 났잖소."

전풍의 말에 독고무의 눈빛이 반짝거렸다.

"맞다. 수하들 말로는 루외루의 간자들을 밝혀낼 때 네가 묘한 사술을 썼다고 하던데 의협진가라면 사술과는 거리가 멀어야 되는 거 아닌가?"

"그 모든 게 만류귀종……."

어깨를 으쓱이며 답하던 진유검은 독고무와 전풍의 이글거리는 눈빛을 받고는 슬쩍 입을 다물었다.

"아, 그러고 보니 물어본다고 하면서 잊고 있는 것이 있었다."

"뭐를?"

"외루라는 놈들이 갑자기 튀어나왔다는 것만 알고 있었지 네가 어째서 그놈들과 엮이게 되었는지 이해가 되지 않더라. 어떻게 그리 잘 알고 있는 거냐?"

"내가 설명하지 않았나?"

진유검이 전풍을 돌아보며 되물었다.

"아무래도 그런 것 같은데요."

당연히 알고 있을 것이라 예상했던 독고무의 생뚱맞은 반응에 전풍도 고개를 갸웃거렸다.

"내가 모르는 비밀이 있는 모양이군."

술잔을 채우는 독고무의 음성에 가시가 돋아나 있었다.

전풍이 알고 있는 사실을 자신은 모르고 있다는 것에 약간은 빈정이 상한 것이다.

"삐치지 마쇼. 나도 얼마 전에 알게 된 비밀이니까."

전풍의 말에 독고무의 시선이 진유검에게 향했다.

진유검은 할 수 없다는 표정을 지으며 술잔을 내려놓았다.

그리곤 무림삼비 또는 무림삼외라고 알려진 전설과 그 이면에 숨겨진 무명초자와의 비화에 대해 설명하기 시작했다.

들으면 들을수록 놀라운 사실에 독고무는 술잔을 입에 댄 자세 그대로 진유검의 이야기에 빠져들었다.

"…해서 여기까지 오게 된 거다. 정말 상상도 못했다. 루외루의 마수가 천마신교에까지 뻗어 있었을 줄은 말이야. 어떤 면에선 운이 좋은 것이라 할 수도 있었지만."

"그건 또 무슨 소리냐?"

"원래의 계획대로라면 부춘산은 이미 피로 물들어야 했다. 놈들의 이동을 막기 위해선 최대한 매섭게 손을 썼어야 했으니까. 그런데 우연찮게 루외루의 간자들이 천마신교 무인들과 섞여 있다는 것을 알게 되었지. 그리고 몇 번의 시험을 통해 그중 한 명의 무공이 지금껏 상대해 온 루외루의 그 어떤 고수보다 강하다는 것도. 바로 그 순간, 하나의 가정이 내 머릿속을 스치고 지나갔다."

이미 당시 상황을 자세히 보고받은 독고무는 굳이 진유검의 설명을 듣지 않아도 그가 말하고자 하는 것을 이해했다.

"천운이었군."

"그래, 천운이었지. 그렇지 않았다면 저렇듯 술판을 벌이고 있는 사람도 별로 없었을 테니까."

진유검은 별다른 의미 없이 던진 말이었지만 독고무는 그 안에 담긴 내용이 얼마나 섬뜩한 것인지 알고 있었다.

만약 루외루의 간자가 천마신교 내분에 관여한 것이 밝혀지지 않았다면 그래서 수라노괴가 무릎을 꿇지 않고 끝까지 저항을 했다면 그의 장담대로 부춘산을 넘던 천마신교 제자의 대부분은 싸늘한 주검이 되어 버려졌을 것이다.

다른 사람이 들으면 미친 소리라 일축하겠지만 진유검은 그런 말을 할 충분한 능력이 있었다.

무극혼류공을 대성하고 새로운 경지에 접어든 지금 진유검이 얼마나 강한 고수인지 뼈저리게 느낄 수 있었다.

진유검은 진정한 괴물이었다.

중원무림의 낳은 희대의 괴물.

"지독한 놈들입니다. 그 오랜 세월 동안 하나의 목표를 가지고 숨죽이고 살다니 말이오. 그리고 놈들의 마수가 천마신교에 뻗쳤다고 하는데 어쩌면 천마신교뿐만이 아니라 다른 곳에도 뻗쳐 있을 가능성도 높다고 봅니다. 가령 무황성과 같은 곳에."

전풍의 말에 진유검이 동의한다는 듯 고개를 끄덕였다.

"이미 그런 징후가 보이고 있다. 내부적으로 조사하고 있다니 뭔가 밝혀지는 것이 있겠지. 하지만 지금은 그게 중요한 게 아니지."

진유검의 시선이 독고무에게 향했다.

"얼마나 빨리 최소한의 피해로 천마신교를 접수하냐가 중요한 거잖아."

"아까 마뇌 영감이 하는 얘기를 언뜻 들으니 놈들의 대응이 만만치 않은 모양이던데요. 병력도 상당하다고 하고."

전풍이 육포를 질겅질겅 씹으며 말했다.

"흠, 일단 상황이 어떤지 정확하게 확인해 보는 것이 좋겠다."

독고무가 손짓하자 수하 하나가 황급히 달려왔다.

"마도제일뇌를 불러라."

"존명."

명을 받은 수하가 사라지고 촌각도 되지 않아 사도은이

허겁지겁 달려왔다. 혼자가 아니라 혈륜전마도 함께였다.

"부르셨습니까, 소존?"

"우선 앉지."

독고무는 혈륜전마와 사도은이 맞은편 자리에 앉자 술잔을 권하며 물었다.

"내가 운공을 하는 동안 꽤나 많은 정보가 올라온 것 같더군. 맞나?"

"그렇습니다. 그렇잖아도 술자리가 파하면 보고를 올리려고 하였습니다."

"놈들의 반응은 어때? 이 녀석 말로는 꽤나 많은 병력이 몰려왔다고 하던데."

독고무가 자신을 가리키자 전풍은 사도은의 눈을 피해 슬쩍 몸을 돌리곤 술을 홀짝거렸다.

"병력의 수로는 놈들이 우위에 있지만 전력에선 압도적으로 차이가 난다고 봅니다. 다만 이곳이 적지인지라 어떤 매복과 함정이 있을지 몰라 조심해야 할 것 같습니다. 특히 혁리건이 적진에서 움직이고 있음이 확인되었습니다."

"혁리건이라면……."

"초진악의 오른팔이자 두뇌지요. 만만찮은 놈입니다."

사도은은 그 옛날, 이십 대의 어린 나이에도 상상도 할 수 없는 암계를 꾸며 초진악을 천마신교의 교주로 만드는

데 혁혁한 공을 세운 혁리건의 두뇌를 특히 경계했다.

"혁리건이 나섰다면 초진악 그자가 직접 병력을 이끌고 온 건가?"

"그건 아닙니다. 병력은 흑면살귀(黑面殺鬼)가 이끌고 있습니다."

혈륜전마가 설명을 덧붙였다.

"성정이 잔인하고 피를 좋아하는 노물이지만 무공 실력 하나만큼은 발군입니다. 과거 십만대산에서 놈들에게 쫓길 때 삼안마도가 그에게 패해 목숨을 잃을 뻔한 적도 있습니다."

"삼안마도가?"

독고무가 놀라 되물었다.

"예, 무공만 따지자면 수라노괴도 한발 양보를 해야 할 정도입니다."

"루외루 간자의 명단에는 없었지?"

독고무가 진유검에게 물었다.

"잘 모르겠다. 명단 줬잖아."

진유검이 고개를 흔들자 사도은이 말을 받았다.

"명단에는 없습니다만 설사 루외루가 천마신교에 한 짓을 알았다고 해도 우리 쪽으로 합류할 가능성은 없는 놈입니다."

"우선적으로 제거해야 할 놈이군."

독고무가 차갑게 말했다.

"예, 그편이 아무래도 설득을 하는데 좋을 것입니다."

천마신교 공격을 전격적으로 결정한 독고무는 루외루와 배반자들의 관계는 전혀 모르고 그저 현 교주를 따르는 제자들은 최대한 설득을 하여 피해로 최소한으로 줄일 생각을 하고 있었다.

그 과정에서 루외루의 간자로 확인된 자나 흑면살귀처럼 설득할 가능성이 없는 초진악의 측근은 모조리 제거하기로 결정을 내렸다.

"곳곳에 매복을 하고 함정을 파겠지만 그것들을 무사히 극복해 낸다면 삼선정(三仙亭)에서 본격적인 싸움이 시작되리라 봅니다. 다만 후미에 따로 빠져 있는 병력들이 마음에 걸립니다."

"후미에 빠져 있는 병력이 있나?"

"예, 대략 삼백 정도 되는 것으로 확인이 되었는데 상당한 정예들입니다. 아마도 싸움이 시작되면 우회를 하거나 우리의 배후로 돌아 공격을 하려는 의도로 보입니다."

"그들은 누가 이끌지?"

"천면랑(千面狼)과 냉혈검(冷血劍), 혈부용(血芙蓉), 흑마왕(黑魔王) 등으로 하나같이 루외루의 간자 명단에 이름을 올린 놈들입니다."

"실력 면에서도 뛰어난 놈들이지요. 사실상 후미에 빠져 있는 놈들이 저들의 주력이라 할 수 있습니다."

"결국 흑면살귀로 우리를 유인하고 놈들로 하여금 뒤를 치겠다는 말이군."

"현재까지는 그런 의도로 보입니다만 단정 지을 수는 없습니다. 혁리건이 어떤 식으로 병력을 움직일지는 솔직히 예측하기 힘듭니다."

마도제일을 넘어 중원제일뇌라고까지 불리는 사도은의 자신감 없는 태도에 다들 놀랍다는 반응을 보였다.

"가장 중요한 놈들의 행방이 확인되지 않았다."

진유검의 말에 좌중의 이목이 다시금 집중되었다.

"누구를 말하는 거냐?"

독고무가 물었다.

"누구긴 당연히 루외루 놈들이지. 우리가 걱정한 대로 루외루에서 직접 지원을 온 병력은 없는지 모르겠다."

진유검이 물음에 독고무의 안색이 살짝 굳었다.

의협진가에서 직접 경험해 본 바 루외루 무인들의 실력은 상상을 뛰어넘을 정도로 대단했다.

그들이 개입을 한다면 상황이 어찌 돌아갈지 장담키 어려웠다.

무이산으로 향하는 내내 독고무와 진유검이 가장 염려하는 상황이 바로 그것이었다.

독고무의 시선이 사도은에게 향했다.

사도은은 힘없이 고개를 저었다.

"그건 확인되지 않았습니다. 솔직히 누가 루외루의 제자인지 알아내기란 현재 복천회의 정보력으론 불가능합니다. 외부에서 지원이 올 수도 있고 이미 내부에서 함께 싸울 준비를 했을 수도 있습니다."

"어쩔 수 없는 것이겠지요. 너무 걱정하지 마라, 무. 너는 네 싸움에만 집중해. 루외루 놈들이 나타나면 나와 이 녀석이 모조리 상대할 테니까."

진유검이 입안에 연신 술을 털어 넣고 있는 전풍의 목덜미를 잡으며 말했다.

"하지만 어떤 자들이 루외루의 제자인지 정확히 확인을 할 수 없는 이상……."

"아니. 그건 그리 어렵지 않아."

독고무가 사도은의 말을 잘랐다.

그는 진유검이 무명초자를 통해 삼외의 무공을 모두 얻은 덕에 생각보다 손쉽게 루외루의 제자를 구별해 낼 수 있음을 알고 있었다.

"다른 사람은 몰라도 유검은 놈들의 정체를 확실하게 파악할 수 있다. 맞지?"

진유검은 술잔을 치켜 올리는 것으로 답을 대신했다.

덩달아 술잔을 치켜 올린 전풍이 호기롭게 외쳤다.

"맡겨두쇼."

* * *

"준비를 하셔야 할 것 같습니다."

허겁지겁 간이용 막사로 뛰어든 흑무각의 요원이 인근 산세를 그린 지도를 면밀히 살피고 있던 혁리건에게 말했다.

"뚫린 것이냐?"

혁리건이 고개도 돌리지 않고 물었다.

"그렇습니다. 아침부터 지금까지 일곱 차례의 매복 공격이 있었지만 별 소득 없이 모조리 격파당했습니다."

"진식은?"

"그마저도 막 뚫렸다는 보고입니다."

그제야 고개를 든 혁리건이 천천히 막사를 나가더니 중천에 뜬 해와 그 밑에 우뚝 솟은 봉우리를 보며 중얼거렸다.

"그렇다는 것은 반 시진이면 이곳에 도착한다는 말이군."

혁리건이 대기하고 있던 용원에게 말했다.

"가서 각주께 전해라. 계획대로 진행한다고."

"알겠습니다."

흑무각의 요원은 혁리건을 향해 달려왔던 속도보다 훨씬 빠르게 사라졌다.

숲으로 사라지는 요원을 물끄러미 바라보던 혁리건이 발걸음을 삼선정으로 내딛었다.

삼선정은 무이산맥 동북쪽에 위치한 분지의 이름이기도 하지만 그곳 바위 위에 지어진 큼지막한 정자의 이름이기도 했다.

천마신교의 주력을 이끌고 운명을 건 단판 승부를 기다리고 있는 흑면살귀는 바로 그 삼선정에서 휴식을 취하고 있었다.

깊은 생각에 잠긴 채 걸음을 옮기던 혁리건의 앞을 막아서는 사내들이 있었다.

이번 싸움을 대비해 각 전투단에서 특별히 차출한 흑면살귀의 호위들이었다.

"잠시 기다리십시오."

발걸음을 멈춘 혁리건이 고개를 들었다.

"장로님을 뵈러왔다."

당연히 비켜줄 것이라 여기며 걸음을 옮기던 혁리건은

다시금 자신의 앞을 막아서는 호위들을 어이없다는 얼굴로 바라보았다.

"내가 누군지 모르느냐?"

"군사님이십니다."

"그런데도 앞을 막는다?"

"죄송합니다. 저희는 그저 장로님의 명을……."

호위들은 혁리건의 소름 끼치도록 착 가라앉은 눈동자를 보며 침을 꿀꺽 삼켰다.

천마신교 내에서 혁리건위 위상은 교주 다음이라 해도 과언은 아닐 정도로 막강했다.

아무리 흑면살귀의 지위가 높고 무공이 강하다고 하더라도 영향력을 따진다면 혁리건의 아래였다.

그럼에도 길을 비킬 수 없었던 것은 만약 명을 어기고 길을 비켜주었다면 흑면살귀의 성격상 그 자리에서 목숨을 잃을 가능성이 높기 때문이었다.

"살려주십시오, 군사님. 저, 저희는 비킬 수가 없습니다."

식은땀을 삘삘 흘리며 어쩔 줄을 몰라 하는 호위들을 보며 노기를 거둬들였다.

"너희가 무슨 잘못이 있겠느냐? 그저 상관을 잘못 만난 탓이지. 한데 무슨 일이기에 통제를 하는 것이냐?"

"그, 그것은……."

호위들이 대답하기 곤란한 표정으로 어물거릴 때였다.

삼선정에서 가느다란 신음이 흘러나왔다.

미세했던 신음은 이내 주체할 수 없는 교성이 되어 사방으로 퍼져 나갔다.

'이런 미친!'

혁리건은 할 말이 없다는 듯 고새를 설레설레 내저었다.

설마하니 싸움을 코앞에 둔 지금, 수많은 수하가 에워싸고 있는 삼선정에서 명색이 천마신교의 장로이자 천마신교의 운명을 결정짓는 병력을 이끄는 수장이라는 사람이 대놓고 엽색 행각을 펼칠 줄은 상상도 하지 못했다.

'그래서 네놈은 죽는 것이다.'

잠시 동안 삼선정을 응시하던 혁리건이 차갑게 가라앉은 음성으로 말했다.

"장로님께 내가 왔었다는 말만 전하여라. 또한 반 시진 내에 적들이 들이칠 것이며 계획은 순조롭게 진행될 것이라고. 알겠느냐?"

"예, 그리 전하겠습니다."

"참고로 장로님께서 날 찾으시면 십만대산에서 회군한 병력을 운용할 준비를 하기 위해 잠시 뒤로 물러났다 말씀 드려라."

"알겠습니다."

흑면살귀에게 전할 말을 끝낸 혁리건은 조금도 미련없이 몸을 돌렸다.

그런 혁리건의 뒷모습을 보며 호위들은 알 수 없는 한기에 몸을 떨었다.

"현재 삼선정에 포진하고 있는 적의 수는 대략 육백 정도입니다. 병력을 이끄는 자는 흑면살귀를 비롯하여 현 천마신교의 수뇌진으로 구성되어 있습니다. 참고로 말씀드리면 그들 대다수는 초진악의 수족으로 루외루와는 깊은 연관이 없습니다."

막심초의 보고를 들은 사도은이 미간을 찌푸렸다.

"왜 그러는가?"

혈륜전마가 넌지시 물었다.

"뭔가 이상해서 그러네."

"뭐가?"

"삼선정의 싸움에 동원된 자 중에 루외루와 연관된 인물이 없다는 것이 영 마음에 걸리는군."

"음, 확실히 그렇군. 하긴, 제 놈들도 아는 것이겠지. 삼선정에서 벌어지는 싸움이 가장 치열할 것이고 살아남기 힘들다는 것을. 따로 빼놓은 병력으로 우루루 몰려간 것을 보며 알 수 있지."

"그렇게 생각해야 하는 걸까?"

사도은은 여전히 미심쩍어 하는 얼굴이었다.

두 사람의 대화를 가만히 듣고 있던 독고무가 말했다.

"어쩌면 루외루의 병력과 함께 움직이기 위함이란 생각이 드는군. 드러내 놓고 움직이는 것보다는 그것이 서로에게 편할 테니까."

진유검이 독고무의 말에 동의를 표했다.

"같은 생각이야. 분명 루외루와 연관이 있는 움직임 같다."

"막심초."

"예, 소존."

"정보를 더 캐봐. 놈들이 어떤 의도를 가지고 그렇게 움직이는 것인지."

"존명."

물러나려는 막심초를 사도은이 잡았다.

"그리고 하나 더. 초진악의 움직임도 예의 주시하라고 전해라. 이런 급박한 와중에 궁에 처박혀만 있다는 것이 왠지 냄새가 난다."

"확인하도록 하겠습니다."

명을 받은 막심초가 서둘러 자리를 뜨자 독고무가 멀리

보이는 삼선정을 응시하며 말했다.

"좌익은 혈륜전마가 우익은 악휘가 간다."

"존명!"

혈륜전마와 악휘가 동시에 허리를 꺾었다.

"중심이자 선봉으론 내가 간다."

그때였다.

독고무에게 무릎을 꿇고 그의 아량으로 복천회에 복속하게된 수라노괴가 독고무 앞으로 나섰다.

"선봉은 이 늙은이가 서도록 해주십시오."

"뭐라?"

독고무의 눈썹이 치켜 올라갔다.

많은 이의 의견을 수용하여 수라노괴와 그가 이끌고 있는 병력을 받아들였지만 과거를 용서한 것은 아니었다.

그랬기에 그날 이후, 단 한 번도 수라노괴와 말을 섞지 않았고 작전 회의에도 참석치 못하게 했다.

그저 복천회의 맨 후미에 머무는 것만 용인한 것이었다.

그런 독고무의 행동을 당연시 여기며 별다른 불만을 내보이지 않던 수라노괴가 난데없이 선봉으로 세워 달라 청하자 다들 당황하지 않을 수 없었다.

독고무가 수라노괴의 청을 거절하는 것은 물론이고 자칫 노기를 참지 못한다면 천마신교와의 중차대한 싸움을 앞둔 지금 전력에 큰 차질을 가져올 수도 있기 때문이었다.

“갑자기 왜 그러나?”

과거의 앙금이 완전히 사라진 것은 아니나 그나마 수라노괴와 말문을 튼 혈륜전마가 수라노괴의 팔을 잡으며 그를 잡아끌었다.

“잠시만 기다려 보시지요.”

진유검이 혈륜전마를 말렸다.

“너도 흥분만 하지 말고. 언제까지 그렇게 감정적으로 행동할래?”

진유검의 힐난에 독고무는 슬쩍 고개를 돌렸다.

“싸움에서 선봉을 선다는 것은 각별한 의미가 있습니다. 특히 저 녀석에겐 더욱더.”

“알고 있습니다.”

수라노괴가 공손히 대답했다.

편하게 대했던 이전과는 달리 진유검이 독고무의 친우이자 복천회의 수뇌가 그를 대하는 태도를 보고 수라노괴 역시 태도를 바꿨다.

“그럼에도 선봉을 자처하는 이유가 있겠지요?”

“예, 있습니다.”

“이유 정도는 들어봐도 되는 거잖아.”

진유검의 말에 독고무가 마음에 들지 않는다는 목소리로

명했다.

"지껄여 봐라."

진유검은 그런 독고무의 태도에 눈살을 찌푸렸지만 이해 못할 바도 아니기에 별다른 언급은 하지 않았다.

"제가 선봉에 서려는 이유는 간단합니다. 선봉에 선다는 것은 의미가 큰 만큼 많은 희생이 따릅니다. 그 희생을 저희가 치름으로써 다시 한 번 과거의 잘못에 대해 참회하고자 싶은 것입니다. 또한 지금 맞서고 있는 병력 중 상당수는 루외루와 현 교주와의 관계를 모르고 있습니다."

"우리도 일단 설득은 하려고 하네. 아까운 희생자는 줄여야지. 그들 모두가 소존의 충성스런 수하가 될 수도 있음이니."

사도은의 말에 수라노괴가 고개를 저었다.

"누가 설득을 하느냐에 따라 반응은 달라질 것이라 보네. 소존께서, 아니면 복천회의 수뇌들이 나서서 아무리 강변을 해봐도 쉽게 받아들여지지 않을 것일세. 하지만 노부의 말이라면 조금은 다르게 생각하겠지. 설사 받아들여지지 않는다고 해도 그들 마음속엔 조그만 의혹은 남을 걸세. 그것만으로도 충분하다고 보네만."

수라노괴의 시선이 독고무에게 향했다. 그리곤 다시금 청했다.

"부디 이 늙은이에게 기회를 주십시오."

독고무는 아무런 말 없이 수라노괴를 바라보았다.

다들 조마조마한 심정으로 독고무와 수라노괴를 번갈아 응시했다.

질식할 것만 같은 적막감을 깨뜨린 것은 전풍이었다.

"아, 진짜! 천마신교의 교주가 된다는 사람이 뭐 이리 답답한 거요? 아니면 아닌 거고 허락하면 허락하는 거지."

"내 말이."

진유검이 추임새를 넣었다.

일그러진 얼굴로 그들을 바라보던 독고무가 몸을 홱 돌리며 말했다.

"공격은 일각 후다."

허락의 의미였다.

수라노괴의 무릎이 힘없이 꺾였다.

"감사합니다. 감사합니다, 소존."

진유검은 머리를 땅에 박으며 감격에 겨워하는 수라노괴를 잠시 지켜보다 몸을 돌렸다.

"공자님."

사도은이 낮은 목소리로 그를 불러 세웠다.

"저와 얘기를 좀 하시지요."

"무슨 일입니까?"

"그냥 넘기려고 해도 아무래도 마음에 걸리는 것이 있습니다."

진유검을 잡아끄는 사도은의 얼굴은 무거운 상념으로 가득 차 있었다.

* * *

"저 늙은이의 말은 모두 거짓이다. 천마신교에 영광을!"

관착은 그·말을 끝으로 혀를 깨물었다.

깜짝 놀란 수라노괴가 재빨리 움직였으나 끊어진 혀를 붙일 능력까지는 없었다.

잠시 고통에 시달리던 관착은 이내 숨이 끊어지고 말았다.

수라노괴의 입에서 안타까운 탄식이 터져 나왔다.

삼선정에서 양측의 병력이 대치했을 때 수라노괴는 천마신교의 제자들에게 자신은 천마신교를 배반한 것이 아니며 루외루와 현 교주와의 관계를 낱낱이 폭로했다.

그리고 증인으로서 진유검이 포로로 잡은 공손은의 호위들과 관착, 조구를 내보였다.

그런데 충분히 설득하고 회유를 했다고 여긴 관착이 수라노괴의 말은 모두 거짓이라 외치며 스스로 목숨을 끊어버린 것이다.

증인으로서 쓸모가 없어진 것은 물론이거니와 오히려 수라노괴를 배반자라 여기고 있던 천마신교 제자들을 자극한 최악의 결과를 가져오고 말았다.

수하들의 분노에 회심의 미소를 지은 흑면살귀가 즉시 공격 명령을 내렸다.

"공격! 공격하랏!"

흑면살귀의 명에 의해 노도처럼 밀려드는 천마신교의 제자들.

혈마대주 천목심이 수라노괴의 앞으로 나서며 말했다.

"이곳은 저희가 맡겠습니다, 장로님."

천목심은 수라노괴의 대답을 기다리지 않고 곧바로 수하들을 움직였다.

지마대와 만마대가 좌우에 배치됐는데 대주들이 고루마종을 쫓아가는 바람에 지휘는 부대주들이 하고 있었다.

"조금만 버티면 될 것이다. 어차피 이 싸움은 저 노물과 주변의 늙은이들만 잡으면 끝나는 싸움이야."

천목심의 어깨를 힘껏 두드린 수라노괴가 흑면살귀를 향해 몸을 날렸다.

그의 뒤를 여섯 명의 노고수가 받쳤다.

모든 사실을 알고도 끝까지 변절한 고루마종과는 달리

수라노괴와 함께 복천회를 선택한 천마신교의 장로, 호법들이었다.

설득의 의미도 없이 관착의 죽음과 함께 본격적인 싸움이 시작되자 후방에서 이를 지켜보던 고독귀와 귀두파파, 묵수신마(墨手神魔) 등도 곧바로 전장에 뛰어들었다.

누구보다 먼저, 가장 매섭게 날뛸 것이라 예상했던 독고무는 나설 순간을 놓친 것인지 아니면 수하들에게 아예 싸움을 맡긴 것인지 별다른 움직임 없이 조용히 침묵을 지키고 있었다.

"크아악!"

고루마종을 따라간 대주를 대신해 지마대를 지휘하는 영효는 곳곳에서 터져 나오는 수하들의 비명에 이를 꽉 깨물었다.

"곽은, 좌측이 뚫리고 있다. 지원해."

"알겠습니다."

어느새 피투성이가 되어버린 곽은이 수하들을 이끌고 움직이며 대답했다.

"황천문."

"예, 부대주."

"이곳은 내가 맡을 테니 너도 함께 움직여라. 절대로 밀려선 안 된다."

"알겠습니다."

명령을 받은 황천문이 싸움 경험이 풍부한 고참들만 추려서 뒤쪽으로 물러났다.

그리곤 살짝 우회를 하여 곽은과 싸우고 있는 적들의 좌측을 파고들어갔다.

하지만 그들의 움직임을 꿰뚫고 있던 적들의 기민한 대응으로 인해 큰 성과를 거두지는 못했다.

지마대가 고전하고 있는 것과는 달리 정면을 막고 있는 혈마대와 우측의 만마대는 크게 기세를 올리고 있었다.

특히 혈마대의 활약이 대단했다.

"으아아악!"

"크악!"

곳곳에서 비명성이 터졌다.

비명의 대다수는 혈마대가 아니라 그들을 뚫기 위해 마구잡이로 덤벼들던 천마신교의 제자였다.

흑면살귀의 명을 받아 중앙을 공략하던 잔살검(殘殺劍) 황요는 자신이 거느린 검마대(劍魔隊)와 진마대(眞魔隊)라면 능히 혈마대를 감당할 수 있다고 여겼다.

혈마대가 천마대와 마찬가지로 천마신교를 대표하는 무력단체이기는 하지만 실력의 차이가 그다지 크지 않은데다가 수적으로 훨씬 우위에 있었기 때문이었다.

그것이 얼마나 큰 오산이었는지는 기세 좋게 공격을 감행하던 앞 열의 수하들이 순식간에 전멸을 당하면서 알게 되었다.

"제길! 저렇게 강할 줄이야."

황요의 입에서 낭패스런 탄식이 터져 나왔다.

그렇다고 물러설 수는 없었다.

아직도 병력은 많이 남아 있었고 명령을 받은 이상 무슨 수를 써서라도 중앙을 공략해야 했다.

"공격해! 공격하란 말이다!"

황요가 살기 가득한 음성으로 수하들을 다그쳤다.

"물러서지 마라! 조금만 버티면 승리는 우리의 것이 된다."

수하들의 듬직한 활약에 고무된 것인지 수하들을 독려하는 천목심의 목소리는 난마처럼 얽힌 전장에서도 유난히 크게 들렸다.

"언제까지 노려만 볼 테냐? 우리도 시작을 해야 되지 않겠느냐?"

흑면살귀가 여유로운 자세로 수라노괴를 도발했다.

"간다."

살짝 고개를 끄덕인 수라노괴가 전광석화처럼 검을 빼며 공격을 시작했다.

맹렬한 파공성과 함께 흑면살귀를 향해 짓쳐 드는 검.

하지만 흑멸살귀는 흑면이라는 이름 그대로 얼굴빛 하나 바뀌지 않고 반격을 가해왔다.

사선으로 움직이는 검이 대기를 진동시키며 수라노괴의 검을 간단히 쳐냈다.

수라노괴는 튕겨져 나오는 검의 진로를 재빨리 바꾸며 연거푸 삼초식을 뿌렸다.

파파파팟!

예리한 기운이 사위를 휩쓸며 접근하자 가볍게 응할 수 없다고 판단한 흑면살귀는 재빨리 몸을 틀고 발을 놀리며 검세에서 벗어나려 했다.

선기를 잡았다고 판단한 수라노괴가 하얗게 쉰 수염을 흩날리며 흑면살귀의 뒤를 쫓았다.

하지만 그것이야말로 흑면살귀가 노리고 있던 것.

회심의 미소를 지은 흑면살귀가 검끝에 힘을 실자 힘차게 솟구친 검기가 사위를 휩쓸기 시작했다.

승부를 피하면 이어지는 공세를 막을 수 없다고 판단한 수라노괴도 맞대응을 했다.

꽝!

꽈꽝!

삼선정을 뒤흔드는 연속적인 충돌음이 들렸다.

'확실히 강해.'

다행히 큰 충격 없이 물러설 수 있었지만 수라노괴는 흑면살귀의 실력이 자신보다 뛰어나다는 것을 직감할 수 있었다.

그것은 흑면살귀 역시 마찬가지.

"흐흐흐흐!"

자신의 실력이 수라노괴에 비해 확실히 우위에 있다고 판단한 흑면살귀는 입가에 잔인한 살소를 지었다.

"일단 기선은 제압한 것 같습니다."

멀리서 전장을 지켜보던 사도은이 말했다.

"하지만 정작 중요한 싸움에선 밀리는 것 같군."

독고무의 시선이 치열한 격전을 펼치고 있는 수라노괴와 흑면살귀에게 향했다.

아직 우열이 확연하게 드러난 것은 아니나 독고무의 눈에는 수라노괴의 패배가 기정사실처럼 보였다.

"확실히 과거에 비해 실력들이 늘었습니다. 혈륜전마도 그렇고 악휘도 생각보다는 많이 고전하는군요."

혈륜전마와 악휘의 싸움을 힐끗 바라보던 독고무가 고개를 저었다.

"그래도 저들은 괜찮아."

"그냥 두고 보실 생각입니까?"

"두고 보지 않으면? 어차피 수라노괴가 원한 싸움이잖아. 그리고 우회하는 병력을 대비해야 한다면서 나를 움직이지 못한 게 만든 사람이 바로 그대다."

독고무는 별 관심 없다는 듯 퉁명스레 내뱉었다.

"만일에 대비해 병력을 준비시킨 것은 사실이지만 소존의 발을 묶은 기억은 없습니다. 그리고 저는 지금 수라노괴를 말하는 것이 아닙니다. 이 분위기로 흘러간다면 시간이 가면 갈수록 쓸데없는 피해만 늘어갈 터. 장차 소존의 충성스런 수하가 될 아까운 생명이 계속해서 쓰러지고 있기에 드린 말씀입니다."

"그래서 원하는 게 뭔데?"

"제가 원하는 것이 아니라 소존께서 원하시는 것을 하시면 됩니다."

사도은은 그 말과 함께 물끄러미 독고무를 바라보았다.

"젠장!"

신경질적으로 군림마도를 치켜든 독고무가 전장을 향해 힘찬 걸음을 내딛기 시작했다.

그런데 대여섯 걸음이나 걸었을까?

갑자기 몸을 돌린 독고무가 의문이 가득한 얼굴로 물었다.

"그런데 이놈들은 어디로 간 거야? 뒤쪽에 잠깐 볼일이 있다고 사라지더니만."

사도은은 이번에도 별다른 대답을 하지 않았다.

그저 의미심장한 미소만 지었을 뿐이다.

무이산맥 서북쪽, 삼선정에서 이십여 리 떨어진 능선을 이동하는 일단의 무리가 있었다.

그 수는 대략 삼백 정도.

다름 아닌 복천회에서 가장 경계하고 있던 천마신교의 정예들이었다.

한데 그들은 우회를 하거나 배후로 침투하여 합공을 할 것이란 북천회의 예상과는 달리 전혀 엉뚱한 방향으로 움직이고 있었다.

"조금 더 서두르는 것이 좋겠습니다. 자칫 놈들이 풀어놓은 정보원들에게 발각될 우려가 있습니다."

루외루의 간자로 알려진 천면랑, 냉혈검 등과 어깨를 나란히 하고 걷던 추융이 조금은 불안한 얼굴로 말했다.

하지만 그와는 달리 무리를 이끌고 있는 수뇌들은 전혀 걱정스런 눈치가 아니었다.

"들키면 또 어떠냐? 어차피 다 알려진 것을. 그나저나 지금쯤 제대로 붙었을 텐데 싸움은 어찌 되고 있으려나?"

천면랑이 삼선정 방향으로 고개를 틀었다.

"처음이야 버티겠지만 힘들겠지. 알짜배기들은 모조리 빼돌렸는데."

냉혈검이 무표정한 얼굴로 말했다.

"그래도 조금은 불쌍하군. 이제나 저제나 우리의 지원을 기다리고 있을 텐데 말이야."

"그것도 다 팔자인 게지."

"호호호! 오랜만에 맞는 말을 했네."

흑마왕이 덩치에 어울리지 않게 팔자 운운하자 혈부용이 교소를 터뜨렸다.

혈부용은 나이 팔십에 이른 할망구였으나 절정의 주안술 덕분에 서른 남짓한 미부의 모습을 하고 있었다.

사갈 같은 성정에 잔인한 손속으로 천마신교에서도 두려움의 대상이 된 인물이 바로 그녀였다.

"이렇게 여유를 부리실 때가 아닙니다. 자칫하면 추격대가 올 수도 있습니다."

추융의 한숨 섞인 말에 혈부용이 박수를 치며 좋아라 했다.

"호호호! 심심하지 않고 좋겠네. 아예 기다렸다가 갈까?"

"이 녀석들 모두 천마신교에서도 고르고 고른 정예다. 천마대를 뛰어넘는다고 말은 하지 못하겠지만 적어도 어깨를 나란히 할 수 있는 실력은 되는 녀석들이야."

냉혈검의 말에 흑마왕이 웃으며 설명을 더했다.

"그런데 그 수가 삼백에 육박하지. 어떤 미친놈이 앞을 가로막아? 추격대? 웃기는 소리지. 어디 올 테면 와보라고 해. 모조리 갈아먹어줄 테니까!"

흑마왕의 커다란 음성이 채 끝나기도 전에 숲에서 난데없는 음성이 들려왔다.

"이거, 졸지에 미친놈이 됐습니다, 주군."

"그러게. 저 늙은 흑돼지의 먹잇감으로 전락도 하고 말이야."

전풍이 고개를 빼꼼히 내밀며 말을 이었다.

"그 영감 말대로 꽁무니를 빼는군요. 아무튼 마도제일뇌라더니 눈치는 정말 빠릅니다."

"괜히 마도제일뇌냐? 다 그만한 이유가 있는 법이지. 아무튼 간에."

천천히 모습을 드러낸 진유검이 씨익 웃으며 말했다.

"자, 당신들이 원하는 대로 왔어. 이제 어떻게 할 거지?"

『천산루』 6권에 계속…